村上春樹 翻訳ライブラリー

マイ・ロスト・シティー

スコット・フィッツジェラルド

村上春樹 訳

JN281318

中央公論新社

目次

ライブラリー版のためのまえがき 7
フィッツジェラルド体験 11
残り火 41
氷の宮殿 91
哀しみの孔雀 149
失われた三時間 195
アルコールの中で 211
マイ・ロスト・シティー 233

あとがき　259
F・スコット・フィッツジェラルド　インタビュー　261

マイ・ロスト・シティー

ライブラリー版のためのまえがき

今回、『マイ・ロスト・シティー』が翻訳ライブラリーの一冊としてあらためて刊行されるにあたり、各作品の訳稿にかなり大幅に手を加えた。「改訳」というのが一般的にどの程度の規模のものを指して言うのか、正確にはわかりかねるので、大きな声で断言はできないのだが、あえて「改訳」とうたって差し支えないくらいの変りようにはなっているのではないかと思う。

僕にとっては本書が、生まれて最初におこなった翻訳作業であったために、そこには様々な試行錯誤があった。今回あらためて読み直してみて、「おお、これは！」と冷や汗が流れる箇所も少なからずあったことを告白しなくてはならない。もちろんそのような「めくら蛇に怖じず」的な若き日の大胆さが、ある種の「味わい」のようなものをかもし出していることも確かなのだが（これは弁解ではなく）、明らかな、単純な間違いもあり、また翻訳としていささか強引な部分もあり、今の時点で技術的に訂正できるものは、思い切って手を入れることにした。二十五年も前の翻訳なので、さすがに使っている言葉が少し古っぽくなっているところもあり、今の感覚の表現に変えた。しかしある程度の古っぽさは意図的に残すようにした。

エッセイ『マイ・ロスト・シティー』に多出する歴史的事実、あるいは用語については、いちいち詳細な訳注をつけようかとも思ったのだが、やりだすときりがないし、またその多くは現代の読者の興味を惹く事柄でもないだろうという気がしたので、どうしても必要のある場合を除いてつけないことにした。ただの風俗的な「記号」としてどんどん読み進んでいっていただければいいのではないかと思う。このエッセイは本当に文章が生き生きとしているので、細かい訳注をぶらさげてその勢いに水を差したくなかった。

また短篇小説『哀しみの孔雀』に関しては新たに「ハッピーエンド版」がみつかったので、ひとつの選択肢として、あるいは参考資料として、並録することにした。僕としてはオリジナルの「非ハッピーエンド版」の方が文学的価値はずっと高いと思うのだが、フィッツジェラルドが苦境の時代に、作品を大衆誌に売るために、このように結末を明るく、前向きに変えなくてはならなかったという、ひとつの例証としてお読みいただければ幸いである。

繰り返すようだが、この作品集が僕にとっての初めての翻訳書だったこともあり、ここに収められたひとつひとつの作品が、今でも僕の心に深く残っている。当時はスコット・フィッツジェラルドという作家が、日本ではそれほどポピュラーではなかったので、なんとか彼の作品の素晴らしさを多くの人にわかっていただきたいという思いひとつで、これだけの作業を仕上げたようなものだった。ずいぶん苦労もしたが、楽しい、やりがいのある仕事だった。僕もまだ翻訳家としては未熟だったし、欠点はそこかしこに見受けられると思うが、その当時の熱い心持ちを少しなりとも感じ取っていただければそれにまさる喜びはない。

二〇〇六年四月

村上春樹

フィッツジェラルド体験

村上春樹

フィッツジェラルド体験

ある作家が読者を魅了する。しかしそこには様々な魅了のパターンがある。

まず最初の一ページから読者を魅きつけ、有無も言わせずに魅了してしまうタイプ、つまり強烈な文体や美的感覚で読ませる作家と言ってもいいだろう。僕にとってはトルーマン・カポーティーがこのタイプの代表格だ。カポーティーについて言えば、彼はまさに百パーセントの作家である。その作品は完璧であり、魅惑的であり、そこには読者のつけこむ隙は殆んどない。具体的に言うなら、他の作家にも『無頭の鷹』のような小説を書くことはできるかもしれないが、誰にも『無頭の鷹』を書くことはできない、そういうことだ。カポーティーを読むことは常にショッキングなめくるめく体験であり、そして少々疲れる。

第二は、読み進むにつれて（あるいは何冊か読むにつれて）じわじわと、しかし確実に読者をその世界にひきずりこんでいくタイプ。独自の視点から構築された世界、ストーリー・テリングの上手さがこのタイプの持ち味だ。カート・ヴォネガットを筆頭に、カーソン・マッカラーズ、レイモンド・チャンドラーが続く。最初のタイプとは逆に、彼らの小説は僕を癒してくれる。彼らの小説世界は決して完璧なものとは言い難いけれど、いわば馴染みの酒場の馴染みの席といった感じでその作品群は読者をいつでも暖かく迎え入れてくれる。

そして最後に、読み終えて何カ月も何年もたってから突然、まるで後髪を摑むように読者を引き戻していくタイプの作家がいる。僕にとってスコット・フィッツジェラルドがそういう作家であった。他には誰もいない。彼だけがそのように僕を捉えた。

生まれてはじめてフィッツジェラルドを読んだのはたしか十六の時だったが、その作品が何であったか、今となっては思い出せない。短篇のどれかであったような気がするのだが、題名を思い出せぬところを見ると、それほどの感銘を受けなかったのだろう。あるいはドストエフスキーやバルザックを読み耽っていた十六歳の少年には、フィッツジェラルドの世界はそもそも無縁なものだったのかもしれない。

そして十八の時に『グレート・ギャツビー』を読んだ。それは僕が、ヘミングウェイに魅かれていた年であり、ヘミングウェイとの関わりを持った同時代の作家ということでフィッツジェラルドに幾らかの興味を持ったからだった。もちろん『グレート・ギャツビー』はつまらない小説ではない。文章はおそろしく上手いし、幾つかのシーンは実に魅力的だし、深い余韻を湛えた無駄のない作品だ。それはわからないではないのだけれど、例えばヘミングウェイのあの畳みかけてくるようなクリスプな文体に比べると、その古臭さはやはり隠しようもない、という感じだった。一流の、しかし時の流れによって風化されてしまった風俗作家、というのが僕がその時フィッツジェラルドから受けた印象だった。『グレート・ギャツビー』のあの微妙な、たまらなく微妙な文体のぶれ方も、十八歳の青年にはやはり理解の範囲を越えたものであったらしい。

そして六八年から七〇年にかけての、あのごたごたとした三年間がやってきた。十九歳から二十一歳までのあの時代は、僕にとって混乱と思い違いとわくわくするようなトラブルに充ちた三年間だった。神戸近郊の小さな街から東京にやってきて僕は早稲田の文学部に通い、何度か恋をし、そして結婚をした。二十一の時だ。それから突然、生活の重みが僕の頭上にのしかかってきた。他人と生活を分かちあうことの重み、無一文から生活費を稼ぎだすことの重み、これからの何十年を生き続けねばならぬことの重み……、当り前といえば当り前の話だが、少なくともそれは僕が生まれてはじめて味わった生活の重みだった。

フィッツジェラルドの『夜はやさし』を手にしたのはちょうどそんな年だった。既に絶版になっていた荒地出版社の翻訳本を古本屋で見つけて買い求め、たいした期待もなしに読み始めた。読み終えた時もそれほどの感動があったわけではない。たしかに美しく哀しい小説ではあるけれど、長篇としての構成が散漫にすぎるし、だいいち長すぎる。僕は読み終えた『夜はやさし』を本棚にしまいこみ、現実の渦の中に戻っていった。

何カ月かが過ぎた。そして突然何かがやってきた。説明することなんてできない。僕は本棚からもう一度『夜はやさし』をひっぱり出して貪るように読み始めた。今度は感動がやってきた。それはこれまでの読書体験では味わったこともないような感動だった。数カ月前には冗長だと感じた文章の底には熱い感情が暗流となって渦を巻き、堅い岩盤の隙間から耐えかねたようにほとばしり出たその情念は細やかな霧となり、美しい露となって一ページ一ページを鮮かに彩っていた。

『夜はやさし』が発表された当時は批判的で、「君はあまりにも自分を憐みすぎている」という手紙をフィッツジェラルドに送ったヘミングウェイでさえ、一年後にはマックスウェル・パーキンズ（パーキンズはヘミングウェイとフィッツジェラルドの両者を担当する編集者だった）に宛てた手紙の中で、「『夜はやさし』は読み終えた後、時を経るに従って素晴しく思えてくる小説だ」という意味の文章を書いているほどだから、『夜はやさし』に対する（あるいはフィッツジェラルドの小説すべてに対する）僕の反応のペースが鈍かったのもやむを得ないことであったのかもしれない。

それ以来、僕はフィッツジェラルドの作品を片端から読み始めた。『ギャッツビー』を読みなおし、『楽園のこちら側』と『ラスト・タイクーン』を読み、短篇集を読んだ。なかでも『冬の夢』と『バビロンに帰る』の二篇はそれぞれ二十度ずつは読んだと思う。この二つの短篇を幾つもの部分に分解し、虫めがねで覗くように文章を調べあげ、いったいその中の何が僕を魅きつけるのか納得のいくまで読み返した。自分でもいつかは小説を書いてみたいという気持があってそのような面倒な作業を行なったわけではない。フィッツジェラルドの小説を前にして、自分も小説を書くかもしれないという思いなど浮かぶわけはなかった。小学生が目覚し時計を分解するのと同じことだ。小説というものの秘めた底知れぬ魔力を、自分なりにただ摑んでみたい、それだけのことだった。

このように何年ものあいだ、スコット・フィッツジェラルドだけが僕の師であり、大学であり、文学仲間であった。

「それでミスタ・キャンベルは何処にいるんだろう?」とチャーリーは訊いてみた。

「スイスに行ってしまわれました。ミスタ・キャンベルは具合がおよろしくないんですよ、ミスタ・ウェールズ」

「それはいけないね。じゃあジョージ・ハートは?」とチャーリーは尋ねた。

「アメリカに戻られました。お仕事に就かれているようで」

「じゃあスノーバードはどこにいるんだい?」

「先週ここにおみえになりましたよ。ところであの方のお友達のミスタ・シェーファーなら今パリにいらっしゃいますよ」


(『バビロンに帰る』)

『バビロンに帰る』の冒頭の一節、パリ・リッツ・ホテルでの客とバーテンとの会話だ。この部分だけを抜き出してみれば、なんということのない平凡な文章である。フィッツジェラルド自身の他の短篇を取り上げてみても、もっと華麗な、才気溢れる書き出しで始まる作品は幾つもある。しかしこの『バビロンに帰る』という四百字詰にして七十枚ばかりの短篇を読み終えて最初のページに戻り、もう一度この一節を読み返す時、僕はいつも新鮮な衝撃に襲われる。このなんでもない一節が、全体を通して見ると『バビロンに帰る』という作品に漂う美しく哀しい空気と、無駄な縁取りをストイックなまでにそぎ落とした骨組みを見事に浮かび上がらせているからだ。それは宇宙であると言ってもいい。極めて小さな個人的な宇宙ではあるけれど、やはりそれは宇宙だ。文章を分解することはできても、宇宙を分解することはできない、そんな気がした。そこでは始まりが終りであり、終りが始まりであった。そして何にも増して、それはたまらなく暖かい世界だった。

何冊かの伝記を読み（なかでもアンドリュウ・ターンブルの *Scott Fitzgerald* とナンシー・ミルフォードの『ゼルダ』は優れた評伝だ）、僕はフィッツジェラルドの人となりや文学観や、その波瀾に富んだ生涯を知った。

そして何年かにわたるそのような「フィッツジェラルド体験」のあとでは、僕の中の何かがすっかり変ってしまったような気がした。乱暴な言い方をすれば、ドストエフスキーやバルザックやヘミングウェイは、二十代の僕の中で少しずつその輝きを失っていった。彼らは言うまでもなく立派な作家だ。しかし彼らは僕のための作家ではなかった。

自分のための作家とは何か、というのはむずかしい問題である。

例えばフィッツジェラルドは小説を書く僕に影響を与えたか？　答えはイエスであり同時にノーである。文体やテーマや小説の構築やストーリー・テリングといった分野に関して言えば、彼の影響は殆んど無に等しいような気がする。彼が僕に与えてくれたものがあるとすれば、それはもっと大きな、もっと漠然としたものだ。人が小説というものに対して（それが書き手としてであれ、読み手としてであれ）向わねばならぬ姿勢、と言ってもいいかもしれない。そして、小説とは結局のところ人生そのものであるという認識だ。

もしこのような「フィッツジェラルド体験」というものがなかったら、僕は果して小説を書いていただろうか？　いや、この問いにはあまり意味がない。僕はたまたま小説を書いた、ということだけなのだからだ。つまりもし僕が小説を書いていなかったとしても、僕とフィッツジェラルドの関わり方には何ひとつ違いはなかったはずだからだ。

とはいえそこにはひとつだけ確実なものが存在する。もしフィッツジェラルドに巡り合わなかったなら、僕は今とは全く違った小説を書いていただろう。それだけは確かだ。

人が小説に出会うというのはそのようなものではなかろうか、と僕は考える。

フィッツジェラルドの小説世界

フィッツジェラルドの小説の魅力のひとつは、そこに相反する様々な感情が所狭しとひしめきあっていることにある。優しさと傲慢さ、センチメンタリズムとシニシズム、底抜けの楽天性と自己破壊への欲望、上昇志向と下降感覚、都会的洗練と中西部的素朴さ……フィッツジェラルドの作品の素晴しさは、彼がこのような様々に対立しあうファクターをいわば本能的に統御し得た点にある。また逆に言えば、その作品の弱さは彼が本能的にしかそれらを統御し得なかった点にあるとも言えるだろう。

そのような見地から見れば、一九二〇年代のアメリカ作家の中で、フィッツジェラルドほど感覚的にドストエフスキーに近づいた作家はいなかったのではないかとさえ思える時がある。もちろん質的にはその両者は比べるべくもない。ドストエフスキーがそのような対立、あるいは自己矛盾をバネにその世界を宇宙的なスケールまで広げたのに対して、フィッツジェラルドの世界は最後まで狭いものに留まった。家庭の悲劇、報われぬ愛、裏切られた夢……極めてインティメートで個人的な世界である。そのような個人的な世界をより広大な世界に、そして宇宙へと敷衍《ふえん》していくことが一流作家の条件であるとすれば、彼は決して一流作家ではなかった。「ポスト」誌や「エスクァイア」誌にすらりと読める気持の良い短篇を書き、新聞のコラムに派手な話題を提供するいわばコンヴェンショナルな流行作家というのが彼の置かれた位置であった。「歯医者の待合室での退屈な三十分を共に過すにはうってつけ」（『残り火』）の作家と彼は自虐的に自らを語っている。

誰もが、妻や友人さえもが、彼が奥底に秘めていた輝かしい鉱脈を理解することはできなかった。彼は金銭的な成功（それはすぐに過ぎ去ってしまったけれど）を得て、『グレート・ギャッツビー』を頂点とする文学的成功をも得た。しかし彼の心にはいつも充たされぬ想いが残っていた。『ギャッツビー』は良い小説だ、でもそれはただの「立派な作品《トゥール・ド・フォース》」に過ぎないじゃないか、という疑問に彼は苦しめられた。「僕が書きたいのは『信仰の告白《コンフェッション・オブ・フェイス》』なんだ」。信仰の告白……、それは決して一流の作家が目指すものではない。そしてその「信仰の告白」の成果とも言うべき『夜はやさし』が世間から冷ややかな評価しか得ることができなかった時、自分は一流の作家にはなれないだろうという彼の想いは確信となった。そして酒がやってきた。「なにしろ酒を痛飲するというのは二流作家の特権だからね」と彼は語っている。

一流の作家と二流の作家を区切る境界線はいつも不明確であるし、殊にフィッツジェラルドのようにその薄明を漂う作家についてはなおさらだ。しかし例えばアーネスト・ヘミングウェイ、これは一流だ。フィッツジェラルドはヘミングウェイをこのように評している。「アーネストは牡牛で、僕は蝶だ。蝶は美しい。しかし牡牛は存在する」。見事な境界線だ。存在を実在と言い換えてもいいかもしれない。彼とヘミングウェイ、あるいは彼とドストエフスキーを隔てるものはその実在であった。

実在とは何か？　人の意志がそこを彷徨《ほうこう》し、試され、打ちのめされ、変革を強いられる広大な荒野である。しかしフィッツジェラルドにとっての実在とはイマジネーションと幻滅の間に横たわる巨大な空白でしかなかった。そして彼が行なったのはその空白の上に文章という名の美しく脆い橋を架けることであった。

　彼はある短篇の中で、その作業について次のように語っている。

「己れのイマジネーションを現実生活に適合させることのできなかった（あるいは適合させたいとも望まなかった）故に内へ閉じこもるようになった多くの人々と同様、彼もやはりその埋め合わせの方法を習得することになった」

　そして彼本来のアイルランド的なロマンティシズムと早すぎた成功が、彼のそのような傾向を致命的なまでに押し進めていったとも言えるだろう。彼にとっての実在は常にそのような「橋からの眺め」でしかなかったのだ。しかし一九二〇年代という十年間が求めていたのも、実にそのような「橋からの眺め」であったのだ。そこにフィッツジェラルドとアメリカの幸福な邂逅《かいこう》が生まれ、悲劇的な別離が生まれることになる。

一九二〇年という年はアメリカ史にとっても、スコット・フィッツジェラルドにとっても忘れることのできぬ年である。両者にとっての生涯最良の年と言ってもいいだろう。第一次大戦は既に終りを告げ、青年たちは大西洋を越えて堂々と帰還し、アメリカ中が健康的な喜びに湧きかえり、ニューヨークは「世界の誕生を思わせるような虹色の輝き」（『マイ・ロスト・シティー』）に溢れていた。戦時経済は平和経済へとスムーズに移行し、失業者は余すところなく吸い上げられ、株価は高騰の兆しを見せ始めていた。誰もが少しばかりの（例えばユナイテッド・スティールやスタンダード・オイルの株を買ったりする程度の）努力さえ怠らなければ、簡単に金持になれそうな時代だった。神話の時代だ。そして人々は映画や音楽や小説がそんな神話を美しく彩ることを求めていた。

二十四歳のフィッツジェラルドを熱狂的に受け入れたのはそのような時代だった。彼自身の言葉を借りれば、「あの華やかな時代にあってはありふれていたともいえる成功物語《サクセス・ストーリー》」だったのだ。それからの十年間をフィッツジェラルドと時代は一体となって歩み続けた。「時代の申し子」という呼び名にこれほど相応しい作家もまたとはいないだろう。

　もっとも「時代の申し子」としてのフィッツジェラルドの真価は、その栄光の中にではなく、一九二九年の大恐慌と時期を同じくする彼自身の崩壊の中にある。アメリカのアドレセンスと彼の夢の崩壊、それは実に見事な崩壊だった。

　すべての崩壊はその予感を持つ、ということもできる。例えば半世紀を隔てた我々の目にはその異様なばかりのダウ平均株価の曲線の上昇ぶりは、崩壊へ向けての不気味なポイントを確実に刻み続けていたように映るし、人々のヒステリックな熱狂振りは世界の終末の光景を思わせもする。それと同様にフィッツジェラルドの華麗な作品群も、あたかも平穏な水面が行く手の瀑布の微かな響きを感じ取るように、確実にその崩壊を予見していたかのようにも映る。もちろんその予見は決して理論的なものではなく、あくまでロマンティックで感覚的なものではあるが。それはマルキシズムよりはシュペングラー的な「悲観的世界観《ヴェルト・シュメルツ》」に近い。ここに訳出した『残り火』と『氷の宮殿』（ともに一九二〇年の作品）を読んで頂ければ彼のそのような感覚はわかって頂けると思う。

「私の思いつく小説は」と後年フィッツジェラルドは語っている。「考えてみれば暗い話ばかりだった。私の小説に登場する若く美しい男女はことごとく落ちぶれ、ダイヤモンドの山は吹き飛び、金持の青年はトマス・ハーディの小説の中の農夫のように美しくも呪われていた」。事実、これほどまでに美しく、そして見事に人の辿る滅びの道を描き切った作家はアメリカには他に類を見ない。

フィッツジェラルドの作品を一九二九年を境に前期と後期に区切るなら、前期の作品（『残り火』と『氷の宮殿』）は崩壊を前に見据えた恐れと逆説的な憧憬であり、後期の作品（『哀しみの孔雀』以降）は崩壊を後に見据えた苦渋であると言ってもいいだろう。「憧憬」という言葉はあるいは奇異に響くかもしれないが、戦争をも革命をも失くしてしまった青年にとって、崩壊は確実に、ある種の憧憬の対象であるはずだ、と僕は思う。

そのような恐怖と憧憬という相反する二つの感情を共存させるべく、フィッツジェラルドが自らの根幹に据えたものは「小説に対する本能的な意志」であり、その意志を支えたものはモラルであった。そして彼の小説を何篇か読めばわかるように、そのモラルの質は意外なほど古風である。現代的というよりは、近代的という表現が相応しくさえある。つまり、ヘミングウェイやその他のロスト・ジェネレーションの作家たちがフランスやイタリアの前線でそれぞれのモラルの変革を余儀なくされていた同じ時期に、フィッツジェラルドは必然的に彼のモラルを、いわば夢の段階にまで高めていかざるを得なかったとも言えるだろう。彼の鋭い洞察も、そしてその洞察をもってしても避けることができなかった彼の悲劇も、すべてはここから出発しているように見える。それは「近代」と「現代」という二つの波の宿命的な衝突と言ってもいいだろう。

現代という様々な価値体系の交錯する世界にあっては、モラルは常に鋭い両刃の剣である。「信仰の告白」は既に文学の世界から忘れ去られようとしている。しかし人は、作家はいかなる形においてもモラルを持ち続けねばならない。もしそれが今日の文学の内包する重要なテーマのひとつであるとするなら、フィッツジェラルドを最も今日的な「近代」作家と呼ぶことも可能であるかもしれない。

作品と生涯

一人の作家の生涯とその作品を重ねあわせることにどれほどの意味があるものか、僕にはわからない。しかしスコット・フィッツジェラルドの作品を腰を据えて、あるいは系統だてて読もうとする読者にとって、その重ねあわせ作業は大きな意味を持つはずだ。言い換えるなら、フィッツジェラルドの歩んだ足跡を抜きにして、その作品の全貌を語ることは事実上不可能に近いのである。

もちろんそこには危険な要素も潜んでいる。フィッツジェラルドの生涯は既に一種の「神話」と化しているし、「神話」が再解釈というプロセスによってはじめてその創造性を獲得するものであるとすれば、そのフィッツジェラルド「神話」をいかなる形で現代に持ち込むかは当然のことながら大きな問題となるだろう。フィッツジェラルドはこのように、読者にある種の危さを要求する。それは実人生と作品を表裏一体と為すことによって、フィッツジェラルド自身が一貫して自らに課してきた危さでもあった。

もっとも現在日本で求めることのできるフィッツジェラルドの伝記の数は決して多くない。短い紙数ではあるが、本書に収められた作品の背景を中心にフィッツジェラルドの四十四年間の足跡を僕なりに辿ってみたい。

フランシス・スコット・キイ・フィッツジェラルドは一八九六年九月二十四日、ミネソタ州セントポール市に生まれた。アメリカの地図を開いて頂ければわかるように、セントポールは北米大陸の中央部北端に位置するミネソタ州の州都である。地図で見る限りではどうも魅力的な土地とは言い難いようだ。西海岸からダコタまで迫り来るロッキー山系と五大湖にはさみこまれ、カナダの国境からは沼地を示す図式が長く連っている。

話はそれるが、出生地セントポールをアメリカの北端と定義すれば、後に彼の妻となるゼルダの故郷アラバマ州モントゴメリーは南端であり、作家として活躍したニューヨークは東端、晩年を失意のうちに送ったハリウッドを西端と定義することもできる。そこにニース、カンヌ、アンチーブといった南仏の町を加えれば、フィッツジェラルドの人生における重要な地理的ポイントをほぼ抑えたことになる。偶然といえば偶然なのだが、彼が気候・文化・風土が極端に異った地点を追われるように彷徨し続けたことに僕は運命の糸の如きものを感じないわけにはいかない。

さて、『氷の宮殿』に登場するハリー・ベラミー青年の故郷の街と同じように、その当時のセントポールも州都とはいえ「やっと三代続いたばかりの」新興都市であり、実際にスカンジナヴィア系の住民も多かったらしい。

人種的に見れば母方は生粋のアイルランド系、父親はメリーランドの古い家系である。名門というわけではないが、中西部の小都市にあっては恥かしくないだけの家柄と言ってもいい。母方の祖父はセントポールでは有名な、アメリカン・ドリームの具現者とも言うべき成功した実業家であり、父方の家系にはアメリカ国歌の作詞者、フランシス・スコット・キイの名が見受けられる。もっともフィッツジェラルドの父親は彼の生まれる以前に既に事業に失敗し、プロクター・アンド・ギャンブル社のセールスマンの地位に甘んじていた。父親は教養ある人物であったらしいが、決して裕福な家庭ではない。母親の実家からの援助と遺産でなんとか中産階級としての体面を保っていたというのが実情である。誇りと屈辱に充ちたこのような複雑な環境が感じやすい少年の心に影を落とさないわけはなく、母方からの援助によってニューマン・スクール、プリンストン大学といった金のかかる名門の学校に通いながらも、フィッツジェラルドは自分の家が貧困であることに常に苛立ち続けていた。彼はある時期には自らを何かの事情でフィッツジェラルド家の玄関に捨てられたスチュアート王朝の流浪の王子とさえ空想したほどである。この当時のフィッツジェラルドの意識の中には既に金持に対する憧れと憎悪、自己憐憫と自己客体視という彼の生涯のテーマともなる二面性が芽生えていたのだろう。このような焦燥に駆られつつ自らのアイデンティティーを確立するべく大学在学中に彼が力を注いだのは文筆であった。彼はミュージカル・クラブの脚本執筆に、そして後には詩作に没頭した。そんなわけで成績の良いはずもなく、彼は落第の瀬戸際に立たされることになる。

一九一七年にアメリカが第一次大戦の戦列に加わった時、多くの青年たちはロマンティシズムの最後の残滓《ざんし》を求めて、あるいは産業の急速な発展によって複雑に入りくみはじめた社会の網を逃れるべく軍隊に志願した。フィッツジェラルドもまたそんな青年たちの一人である。しかし意に反して彼は遂に戦地に送られることなく、南部の兵営をたらいまわしにされながら休戦までの二年間を送ることになった。もしそこで彼が即座にフランスの塹壕の中に放り込まれていたら、というのは興味ある仮定ではあるが、現実には彼は大西洋を隔て、戦線を何千マイルも離れた平和な南部の街で、ブルックス・ブラザーズ仕立ての軍服をりゅうと着こなし、文筆とダンス・パーティーに明け暮れる。「世界一ろくでもない少尉」の誕生である。

当時十八歳のゼルダ・セイヤーに巡り合ったのもアラバマ州モントゴメリーで催されたそんなダンス・パーティーのひとつであった。人口四万ばかりの当時のモントゴメリー市は『氷の宮殿』におけるジョージア州タールトンそのままに、黒人がメイン・ストリートで牛を追っているような物憂い南部の小都市である。そしてゼルダ・セイヤーも作中のサリー・キャロル・ハッパー同様に、そのようなのんびりとした環境に満足することのできない自由奔放な娘であった。才気煥発、家柄も良いし、おまけにフィッツジェラルドの言葉を借りるなら「アラバマ、ジョージア二州に並ぶものなき美女」でもある。アラバマだけでは足りないというあたりがいかにもフィッツジェラルドらしいところだが、そのような女性が派手好みのフィッツジェラルドの関心を引かぬわけはなく、また当のフィッツジェラルドも東部名門大学の雰囲気を漂わせた美貌の少尉というわけで、二人はすぐに恋仲となり、また戦時にありがちなようにその関係は急速に婚約へと進む。

しかし一九一八年十一月に戦争が突如終結した時、流れはがらりと変った。軍服を脱いでしまえばフィッツジェラルドは一人の貧しい青年でしかない。成績不良のために大学にも戻れず、まともな職にもつけず、かといって財産があるわけでもない。そんな彼に贅沢好きなゼルダを養えるわけもなく、結婚できぬままに彼は酒に溺れ、ニューヨークを孤独に彷徨する。

この後の経過は自伝的エッセイ『マイ・ロスト・シティー』の中に語られている。一九二〇年の『楽園のこちら側』による華々しいデビュー、ゼルダとの結婚、ニューヨークでの奔放な生活、ヨーロッパ渡航、不況と崩壊といった一連の人生模様をニューヨークの街との関わりの中に捉えた内省的で傲《おご》るところのない見事なエッセイである。

『残り火』と『氷の宮殿』はこの一九二〇年というデビューの年に書かれた短篇である。どちらの作品も明らかにゼルダの存在にインスパイアされたものであり、新婚間もないフィッツジェラルドの心理が窺えて面白い。しかし名声と金と妻を同時に得るという幸せの絶頂にありながら、フィッツジェラルドの作家としての眼は終始冷徹であり、両篇ともに物語の結末は暗い。『残り火』では流行作家ジェフリイ・カーテンはその幸せの絶頂で植物状態と化してしまうし、『氷の宮殿』では文化と人生観の相違が恋人たちの間に決定的な破局をもたらすことになる。我々はそこに彼の心の底に漂っている漠然とした不安を読み取ることができるだろう。タクシーの座席で〈これ以上幸せにはなれっこないんだ〉と実感して泣き始める（『マイ・ロスト・シティー』）といったフィッツジェラルド独特の不安感である。

もうひとつはゼルダ個人に対する彼の直観的な不安であり、それは作品中の女主人公の二面性、あるいは人格の分裂となって現われている。例えば『氷の宮殿』では活発な側面と怠惰な側面をあわせ持った南部の娘サリー・キャロル・ハッパーの姿に、『残り火』ではストイックな女主人公ロクサンヌ・カーテンと自堕落な女キティー・クロムウェルとの対比に表象されている。

技巧的には処々に古臭さや筆の乱れが見受けられるものの、その文章の瑞々しさと時折見せる深い洞察力、ストーリー・テラーとしての資質は二十四歳にして既に完成されていたと言って差支えあるまい。

ゼルダについて述べるなら、「私は旋風と結婚した」とフィッツジェラルド自身も語っているように、彼女は美しく頭のよい女性であり、同時に怠惰で気紛れな妻であった。しかしフィッツジェラルドは心の底からゼルダを愛していた。ちょうどある種の幸運な人々が自らの後天的資質を深く愛するように彼も妻を深く愛したのである。そして当然のことながら、その愛情生活は矛盾と危険に充ちたものであった。

「彼女は世界でいちばん魅力的な女性だな」と彼は雑誌のインタヴューに答えている。「それだけさ。僕は誇張したくはない。彼女は完璧だという以上にはね」

「嘘よ」とゼルダが口をはさむ。「私のことを怠けものだと思ってるくせに」

「いや」とスコット、「そこがまた良いのさ。君は完璧だよ。夜だろうが昼だろうが、どんな時間にでも僕の原稿を喜んで読んでくれるしね。君は魅力的で——美しい。それに週に一度くらいは冷蔵庫だって掃除するんだろう」

一方、計画表作りの好きなフィッツジェラルドは二十四歳にして文壇にデビューした当初から、自分の作家としての将来に対する幾つかの明確なヴィジョンを抱いていた。つまり、①早すぎた成功には必ずいつか反動がやってくるだろうし、自分はそれに備えねばならぬ。②自分は本質的には長篇作家であり、何年かに一本発表する長篇の印税収入で生活するべきである。③不足分は高級雑誌向けの短篇あるいはブロードウェイ向けの戯曲で補う。④四十歳まではなんとかそれで上手くやっていけるはずだ……、フィッツジェラルドが発明したわけではないにしても、当時としては結構斬新であり、今日のアメリカの文壇にあっては一般化したとも言えるシステムである。しかしこのような彼の目論見は早々に崩れ去ることになる。その原因はゼルダと二人で繰り広げた放埒な生活にあった。二人はパーティーからパーティーへと飛びまわり、ユニオン・スクェアの噴水にとびこみ、いつ果てるともないヒステリックな馬鹿騒ぎに明け暮れた。もちろんそんな中で本腰を入れて新しい長篇にとりかかることができるはずもなく、フィッツジェラルドはパーティーの合間に一篇四千ドル（ちなみにゼルダの父セイヤー判事の当時の年俸が六千ドルである）の短篇を次から次へと書きなぐり、その莫大な収入を酒やパーティーやホテル代や毛皮のコートに変え、それでも足りずに出版社から前借するという破滅的なサイクルの中にはまりこんでいった。貧乏な作家は枚挙にいとまないが、これほどまで派手に金を使いまくった作家は文学史上稀であるに違いない。一九二四年に渡欧し、静謐のうちに『グレート・ギャツビー』を書き上げた十カ月ばかりを別にすれば、一九二〇年代のフィッツジェラルドの生活はこのように一貫して無軌道なものであった。

やがてアメリカ全土に繰り広げられた悪趣味なパーティーとも言うべき一九二〇年

代も過ぎ去り、大恐慌が青天の霹靂の如くアメリカを襲い、時を同じくしてゼルダは精神病に倒れた。フィッツジェラルドも一九二五年以来長篇小説を発表できぬまま、その評価は下落しつつあった。一九三〇年を境に、多くの人々はフィッツジェラルドを「既に終った作家」の引出しの中に押し込もうとしていた。彼の著作の多くは絶版になり、二〇年代の空騒ぎにうんざりした大衆は新たな価値観と新たな力を文学に求め始めていた。二〇年代のアメリカ世相を鮮かに描いたF・L・アレンの名著『オンリー・イエスタディ』（一九三二）の中に二〇年代の寵児ともいうべきフィッツジェラルドに関する記述が意外に少なく、そして冷淡なことにフィッツジェラルド・ファンは驚くかもしれないが、おそらくはそれがその当時の人々のフィッツジェラルドに対する平均的な評価でもあったのだろう。

そのような幻滅と絶望の中で、フィッツジェラルドは自己変革を目指す。当初の溢れんばかりの才能は色褪せたにせよ、俺の為し得ることは数多く残っているはずだ、だいいち俺はやっと三十代の半ばじゃないか、というのが彼の想いだった。彼は決心してボルティモア郊外の貸家に籠り、長篇『夜はやさし』の執筆にかかる。この作品さえ商業的に成功すれば、俺はもう一度やり直すことができる。そして莫大な借金を返し、妻の入院費や娘の養育費をまかなうこともできるだろう……。しかし自信を持って世に問うた『夜はやさし』がさしたる反響も呼ばなかった時（一万三千部というのがその数字である）、言い換えれば成熟した「ニュー・フィッツジェラルド」が世間から婉曲に拒絶された時、彼にとっての真の凋落《ちょうらく》がやってきた。『哀しみの孔雀』『失われた三時間』『アルコールの中で』は、一九三〇年から四〇年に至るこのような凋落期、あるいはマルカム・カウリーの定義によるなら「終幕とエピローグ」の時代に発表された作品である。この時代には他にも『バビロンに帰る』『狂った日曜日』『風の中の一家』等の優れた作品が多い。そこに我々は甘さや風俗を脱し、厳しい現実を直視しつつ、なんとかそれを乗り越えていこうとするフィッツジェラルドの姿を見ることができる。「努力の空しさと奮闘の必要」、この時期のフィッツジェラルドの言葉である。しかし現実にはこうした一連の作品に対する当時の評価は極めて低く、短篇の稿料もかつての四千ドルから三百ドル前後へと急落し、生活はますます逼迫していった。そして彼は酒に溺れ、一九三七年には金になる仕事を求めて単身ハリウッドへと移る。

この時期で見逃してはならない作品は「エスクァイア」誌に発表された一連のエッセイ、『壊れる』『取扱い注意』『貼り合せ』（一九三六、集英社『アメリカ短篇24』に収録）であり、フィッツジェラルドの散文の極致ともいうべきその文章は何度読み返しても尽きることのない味わいに充ちている。

『哀しみの孔雀』は死後四十年を経て「エスクァイア」誌にはじめて掲載された短篇である。事業に破産し、妻の入院費と娘の教育費に追われ、何度も自殺を決意しながらも、細い生命の糸にしがみつくように生き続ける主人公ジェイソンの姿は細部に至るまでフィッツジェラルドの実生活に酷似している。このように痛々しい小説ではあるが、追いつめられた父娘が生き続けるためにそれぞれのモラルを守るべく葛藤を繰り返しつつも、最後には互いの悲しみをふと触れあわせるというささやかな救いが心を打つ。

『アルコールの中で』も同様に現実と虚構の狭間をさまよう作品である。看護婦のモデルはハリウッドにおける晩年の愛人シーラ・グレアムかもしれない。アルコールに溺れて自らを傷つけ、そして他人までをも傷つけてしまう悲しさと絶望感が作品を支配している。

一九四〇年の春に彼はハリウッドを舞台にした長篇『ラスト・タイクーン』の執筆に本腰を入れるべく酒を断ち、そこに作家生命を賭けたが、その完成を見ることなく、同年の十二月二十一日に心臓発作のために息を引き取った。四十四歳の生涯であった。

魂の漆黒の闇の中では、
時刻はいつも午前三時だ。

F・スコット・フィッツジェラルド

残り火

Lees Of Happiness

I

今世紀初めの何年かのあいだに発行された雑誌の綴じ込みに目を通すと、リチャード・ハーディング・デイヴィス〔一八六四—一九一六。アメリカの作家・記者。少年を主人公にした探偵もので人気をよんだ〕やフランク・ノリス〔一八七〇—一九〇二。アメリカの小説家。自然主義的作風で、評価が高かった〕等々の、すでに物故してしまった作家たちにまじって、ジェフリイ・カーテンなる人物の作品にぶつかるはずだ。長篇小説か一、二本、それに三、四ダースの短篇というところである。もし興味をそそられたなら、作品群を年代順に辿ってみることもできる。そう、一九〇八年まで。そこで彼の姿は忽然と消え失せてしまう。

　そのことごとくを読み終えた後にわかるのは、名作と呼ぶべき作品はひとつとして見当らないという歴然たる事実である。暇つぶしの娯楽小説というところ。今となっては少々時代遅れですらある。しかしながら、歯医者の待合室での退屈な三十分を共に過すには確かにうってつけであったはずだ。これを書いた人物は教養も才能もありそうだし、なかなかどうして回転も早そうである。そして若くもあったのだろう。それらの作品はあなたの胸を揺り動かすところまではいかない。人生の気まぐれにふと心を引かれる、とまあその程度のものだ。奥深い内面的なおかしみも、無力感も、悲劇への予感も、そこには見当らない。

読み終えた後、あなたは欠伸をひとつして、その雑誌をファイルに戻すだろう。そして、もしあなたの座っている場所が図書館の閲覧室であるとすれば、あるいはあなたは気分転換に当時の新聞を一部手に取り、どれ、ひとつ日本軍が旅順を陥落させたかどうか眺めてみるか、ということになるやもしれぬ〔旅順陥落は一九〇五年である〕。しかしながら、あなたの新聞の選び方が良く、ばさりと開いたそのページがうまい具合に演劇欄であったとすれば、あなたの目はそこに吸い寄せられ、第一次大戦の激戦地シャトーティエリのことをあっさり忘れてしまったように、旅順の問題など、まあ少なくとも一分間くらいはどこかに吹き飛んでしまうことだろう。幸運とも呼ぶべきこの偶然によって、あなたは息を呑むばかりに美しい一人の女性の写真をしげしげと眺めることになるだろうから。

それはミュージカル『フロロドーラ』とかの六人娘の時代、ぎゅっと締めつけたウエストと膨らんだ袖口の時代、古風な腰当てらしきものと紛うかたなきバレエ・ダンサーのスカートが存在していた時代のことである。だが、かくの如き格式ばった、今は見られぬ大時代な衣裳に包まれてはいても、その比類なき美しさは見紛うべくもない。彼女こそは時代の輝きである。淡き葡萄酒の如き瞳、心ときめく歌、乾杯と花束、ダンスと夕食会。二輪馬車のヴィーナス、花咲けるギブソン〔一八九〇年代の著名な挿絵画家〕・ガール。

彼女こそは……、

……そう、彼女こそはロクサンヌ・ミルバンク、と写真の下に説明がある。彼女は「デイジー・チェーン」のコーラス・ガール兼代役を勤めていたのだが、主演女優が病気で倒れた折りに見せた卓抜な演技によって主役に抜擢された、とある。

あなたはもう一度写真を眺め、そしていぶかるかもしれない。何故これまでに彼女の名前を耳にしたことがなかったのだろうか、はやり唄の文句やボードビルのジョークや葉巻の紙帯や、遊び人の叔父の思い出話の中に、リリアン・ラッセルやステラ・メイヒューやアンナ・ヘルド〔三人とも一八九〇年代に人気のあった女優や歌手〕と並んで、どうして彼女の名前が登場しなかったのだろうか、と。ロクサンヌ・ミルバンク、彼女はどこに消えてしまったのだろう？　どのような暗い隠し戸がその口をぱっくりと開けて彼女を呑み込んでしまったのか？　たしか、先日の日曜版にあった英国貴族と結婚した女優リストの追補版の中にも、彼女の名は見当らなかった。おそらく夭折し、そのまま忘れ去られてしまったのだろう。そうに違いない。こんなに若くて美しい人なのに、気の毒に。

さて、ジェフリイ・カーテンの短篇とロクサンヌ・ミルバンクの写真がうまい具合に結びついてくれれば、というのが私の虫のいい希望なのだが、あなたがその六カ月後の新聞紙面に、「デイジー・チェーン」を巡業中のロクサンヌ・ミルバンク嬢と流行作家ジェフリイ・カーテン氏との婚約が発表されたという一段組みの、縦二インチ横四インチの目立たぬ記事を見つけるところまでは、まず望むべくもなかろう。「カーテン夫人は」と記事は淡々と結んでいる、「芸能界から引退する見込み」

それは愛によって結ばれた結婚であった。男は魅力的なまでにスポイルされ、女は抗いがたいまでに無邪気であった。まるで水面に漂う二本の流木のようにある日二人は巡り合い、一体となり、絡み合ったまま急流を下った。しかし、もしジェフリイ・カーテンが四十年小説を書きつづけたとしても、己れの身に降りかかることになったおぞましい運命のいたずらに匹敵する一篇の小説たりとも残すことはできなかったろうし、また、もしロクサンヌ・ミルバンクが三ダースもの役を演じ、五千もの劇場で満員の客を集めたとしても、ロクサンヌ・カーテンのために用意されたほど幸せと絶望に彩られた役柄を演ずることはなかっただろう。

一年ばかり、二人はホテル暮しを続けた。カリフォルニアやアラスカやフロリダやメキシコを旅し、愛し合い、他愛のない喧嘩をし、彼の才気と彼女の美貌といううわべの輝きの中に暮した。二人は若く、生まじめなほど情熱的だった。めくことなくすべてを求めたが、いったん手に入れたものは惜し気もなく手放し、自己犠牲とプライドの甘い香りに酔い痴れるのであった。彼女は夫の滑らかな声音と、根も葉もない理不尽な嫉妬ぶりを愛した。彼は妻の目の漆黒の輝き、真白な虹彩を愛し、微笑の中に見える光沢のある温かいひたむきさを愛した。

「彼女を気に入ってくれたかい？」と彼は幾分照れくさがりながらも声をはずませて、みんなに訊いてまわったものだ。「素敵だろう？　どうだい、彼女に比べれば……」「もちろん」とみんなは相好を崩して答えることになる。「あんな素敵な人と一緒になれるなんて、君も幸運な男さ」

一年は過ぎ去り、二人はホテル暮しにも飽き飽きした。彼らはシカゴから半時間の距離にあるマーロウという街の近くに、二十エーカーの土地のついた古い屋敷を買った。小型車を手に入れ、大探険家バルボアも顔色ないほどの開拓者気分で、騒々しく乗り込んできた。

「ここがあなたの部屋よ」、「これが君の部屋だ」と二人は交互に叫び合った。

それに続いて、

「僕の部屋はここにする」

「子供が生まれたら、こちらの部屋は子供部屋にしましょうね」

「それから、ここには昼寝のできるポーチを作ることにしようよ。きっと来年にはね」

彼らが引越したのは四月だった。七月にはジェフリイの無二の親友ハリー・クロムウェルがその新居を訪れ、一週間滞在した。ハリーの姿が見えると、二人はわざわざ広い芝生の庭を横切って出迎え、誇らしげに家へと案内した。

ハリーもやはり妻帯者である。夫人は六カ月ばかり前に出産を済ませたのだが、いまだにニューヨークの母親のもとで養生していた。ロクサンヌはジェフリイから彼女の話を聞いたことがあった。ハリーほどの男がどうしてあんな女と、と夫は言った。ジェフリイは一度しか彼女に会ったことはなかったが、それでも彼女は「薄っぺら」だと考えていた。もっともハリーは結婚してかれこれ二年になるし、けっこう幸せそうにも見えた。うまくやっているんだから、見かけほどひどくもないのかもしれない、というのがジェフリイの感想である。

「私、今ビスケットを焼いてるの」とロクサンヌは重々しい声で言った。「おたくの奥様はビスケットお作りになれて？　私、料理をしてくれる女の人に作り方を教わったのよ。世の女性はみんなビスケットの作り方を知るべきだわ。心和むことたたと思わない？　ビスケットを作れる女性なら絶対に……」

「君も是非ここに越して来るべきだよ」とジェフリイが口をはさむ。「君もキティーも僕たちみたいに郊外に住むといい」

「君はキティーのことを知らないからそんなことを言うのさ。あいつは大の田舎嫌いときてるんだ。芝居やボードビルなしじゃどうも生きていけないらしくってね」

「説得してくれよ」とジェフリイは言い張った。「そして共同体を作ろうじゃないか。近所の連中だって気持のいい奴ばかりなんだぜ。無理にでも引っぱってこいよ」

ポーチの階段を上りながら、ロクサンヌは右手にある荒れた建物を楽しそうに指さした。

「ガレージよ」と彼女は言った。「でもひと月うちにはジェフリイの仕事部屋にするつもりなの。そうそう、お夕食は七時ね。それまでカクテルでもお飲みになってて」

男たちは二人で二階へ上った。ジェフリイは上に着くのを待ちきれずに、道半ば、最初の踊り場で客の鞄を下ろし、質問とも叫びともつかぬ声をはりあげた。

「おい、どうだハリー、俺の女房を気に入ってくれたかい？」

「まあとにかく二階まで行こうじゃないか」と客は答えた。「部屋に入ろう。話はそれからだ」

三十分後、二人が図書室で寛いでいるところにパン焼き皿いっぱいのビスケットを抱えて、ロクサンヌがキッチンから姿を現わした。ジェフリイとハリーは立ち上がった。

「うん、きれいに焼けたじゃないか」と夫は反射的に言った。

「これは見事だ」とハリーも口ごもって言う。

ロクサンヌの顔から微笑みがこぼれる。

「さあ、召し上がって。そっくり見ていただこうと思って、まだ手もつけていないのよ。試食してもらうまでは引き下がらないわ」

「きっと天与の美味というところだろうね」

男たちは同時にビスケットをつまんで口に運び、ひとくちかじった。そして次の瞬間、二人は揃って話題を変えようと試みた。しかしロクサンヌは誤魔化されなかった。彼女はパン焼き皿を下ろし、自分でもひとつつまんでみた。そのあとで痛ましいばかりにきっぱりと断言した。

「ひどいものね！」

「いや、というか――」

「ちっともそんなこと――」

ロクサンヌは大きな声でうなった。

「ああ、私って駄目ね」彼女は泣き笑いの状態だった。「ジェフリイ、私を追い出して。私なんて何の役にも立たない厄介者だわ」

ジェフリイは彼女の腰に手を回した。

「僕がたいらげるさ」

「とにかくきれいには焼けたんだけれど」とロクサンヌは言った。

「まったく、なんというか、装飾性に富んでいますね」とハリーも口を添える。

ジェフリイは急いでその言葉にとびついた。

「そう、そのとおり。装飾性に富んでいる。傑作だよ。これをうまく使ってみようじゃないか」

彼は台所にとんで行くと、金槌と、ひと握りの釘とともに戻ってきた。

「いい使い途があるんだ、ロクサンヌ。これを壁飾り《フリーズ》にしようよ」

「よして！」とロクサンヌは哀しげな声で言った。「私たちの素敵なお家なのよ」

「構うもんか。どうせ十月には図書室の壁紙を新しく貼り替えようって話してたじゃないか、そうだろう？」

「だけど……」

ゴツン！　一個めのビスケットが壁に打ちつけられる。それはまるで生き物のように、しばらくのあいだピクピクと震えた。

ゴツン！

ロクサンヌがカクテルのお代りを手に戻ってきた時には、全部で十二個のビスケットが原住民の槍の穂のコレクションのように、垂直に一列に並んで打ちつけられていた。

「ロクサンヌ」とジェフリイは感嘆の声を上げた。「君はたいした芸術家だよ。料理なんてくだらんものはもうやめたまえ。君には僕の本の挿絵を書いてもらうことにしよう」

三人が夕食を取っているあいだに、薄い夕暮は淡い闇へとその色を変え、それから黒い空に星が明るくまたたいた。夜はロクサンヌの白いドレスのはかないばかりのあでやかさと、優しげに震える柔かな笑い声で充たされ、ひたされた。

――本当にまだ少女なんだ、とハリーは思った。キティーとは違う。

彼は二人の女をひき比べてみた。キティー、神経質だが繊細なわけではない。気むずかしいけれど情熱的とは言えない。落ちつきはないが、かといって軽やかというのでもない。それに比べてロクサンヌはまるで春の夜のように若々しく、少女の笑いそのままにあどけない。

ジェフリイとなら実にお似合いだ、ハリーはあらためてそう思った。二人はどこまでも若々しく、こうして時を送って行くのだろう。自分たちがもう若くはないと突然気づくその日まで。

キティーについて、あれやこれやと思いを巡らせながらも、ハリーはそんなことを考えた。キティーのことを考えると気が重くなった。あいつは小さな息子を連れて何故さっさとシカゴに戻ってこないんだ。身体はもう回復しているはずなのに。階段の昇り口で、ジェフリイとロクサンヌにおやすみの挨拶をする時にも、彼はまだぼんやりとキティーのことを考えつづけていた。

「あなたが我が家の最初のお客様なのよ」とロクサンヌがハリーの背中に声をかけた。「どう、わくわくしちゃうでしょう?」

客の姿が階段の向うに消えると、彼女はジェフリイを振り返った。彼はロクサンヌの脇に立ち、手すりの端に手を置いていた。

「ねえ、お疲れになった?」

ジェフリイは指先で額のまん中をさすった。

「少しね。わかるかい?」

「だってあなたのことですもの」

「頭痛さ」彼は憂鬱そうに言った。「頭が割れそうだよ。アスピリンをのもう」

ロクサンヌは手をのばして明かりを消した。ジェフリイは彼女の腰をしっかりと抱き、階段を上った。

II

ハリーをまじえた一週間は過ぎ去っていった。三人は美しくまどろんだ田舎道をドライヴし、湖や芝生の上で心地よい時の流れに身を任せた。日が暮れると部屋の中で葉巻をくゆらせる二人の男を相手にロクサンヌは芝居を演じてみせた。そうこうするうちに、キティーからハリーにあてて電報がきた。ニューヨークまで迎えにきて欲しいということだった。ロクサンヌとジェフリイは、また二人きりになったわけだが、彼らにとってそれはまた快い孤立の時でもあった。

「孤立」という言葉は、二人の心をときめかせた。二人は互いの温もりを肌に感じつつ家のまわりを散策し、新婚ほやほやの夫婦のようにテーブルの同じ側で肩を寄せ合った。そして何もかもを忘れ、無上の幸せに浸りつづけた。

マーロウはどちらかといえば古くからある住宅地なのだが、「社交」らしきものが出現したのは、つい最近のことである。シカゴの工業の発展ぶりに不安を感じた何組かの若夫婦が、五、六年前に「バンガロー族」としてここに移り住んでいた。そして彼らの友人たちが、その後を追ってきた。そんなわけでジェフリイ・カーテン夫妻がやってきたころには、もうすでに一応のお膳立てはできあがっていたのだ。つまり、カントリー・クラブ、ダンス・ホール、ゴルフ・コースといった類いの設備が諸手をあげて彼らを待ち受けていたのである。その他にもブリッジ・パーティーがあり、ポーカー・パーティーがあり、ビールのふるまわれるパーティーがあり、まったくの素面《しらふ》のパーティーがあった。

事件はポーカー・パーティーの席で起こった。ハリーが帰った一週間ばかり後のことである。パーティーの会場にはテーブルが二つ用意され、少なからざる数の若い女房族も、煙草をくゆらせたり大声で賭金を叫んでみたり、まあその時代としてはかなり大胆に振舞っていたわけだ。

ロクサンヌは早いうちにゲームから抜け、あたりをぶらぶらと歩きまわっていた。

ビールが苦手だったので配膳室でグレープ・ジュースを見つけて飲み、テーブルからテーブルへと人々の手札を見てまわった。しかし彼女の目はおおかたジェフリイに注がれていた。夫の姿を眺めているだけで、ロクサンヌの心は安らぎ、充たされた。ジェフリイは、山と積まれた色とりどりのポーカー・チップを前に、ゲームに意識を集中させていた。夢中になっているのは一目でわかった。ほら、眉のあいだにあんなに皺を寄せているんですもの。ロクサンヌは些細なことに熱中している夫を眺めるのが好きだった。

彼女は音を立てぬように部屋を横切り、夫の座った椅子の肘かけに、そっと腰を下ろした。

五分ばかりそこに腰かけたまま、男たちのときおりの鋭い言葉のやりとりや、テーブルから柔らかな煙のように立ちのぼる女たちのおしゃべりをロクサンヌは聞いていた。そしてとくに他意もなく手を伸ばし、ジェフリイの肩に置こうとした。しかしその手が肩に触れた瞬間、ジェフリイはぎくっと身を震わせ、何事かを叫び、荒々しく腕を払い、下からロクサンヌの肘を打った。

誰もが息を呑んだ。ロクサンヌはバランスを取り戻すと小さな悲鳴を上げ、すぐに椅子から下りた。生まれてこの方、味わったことのないほどのショックが彼女を襲った。あの優しく思慮深いジェフリイから、こんなむきだしの手ひどい仕打ちを受けるなんて。

驚愕の後には沈黙がやってきた。まわりの視線がジェフリイに注がれる。ジェフリイは見たことのないものでも眺めるように、ぽかんとロクサンヌの顔を見上げていたが、やがて当惑の表情が彼の顔に広がった。

「ああ……、ロクサンヌ……」言葉はうまく出てこない。

人々の心を疑惑の念がさっとよぎる。これはひょっとすると何か裏でもありそうじゃないか。見るからに幸せそうなこのカップルにも、実は不和の種がしのびこんでいたのだろうか？　そうでなくて、こんな平和な情景の中にどうして火花が散るものか。

「ジェフリイ！」ロクサンヌの声にはすがりつくような響きがあった。ショックはまださめやらなかったけれど、これが何かの間違いであることは彼女にもわかっていた。ジェフリイを責めるつもりも怒るつもりもない。彼女は震える声で嘆願した。「お願い、ジェフリイ」と彼女は言った。「なんとかおっしゃって。後生だから」

「ああ、ロクサンヌ……」と彼は繰り返した。顔に浮かんだ当惑は、苦悩へとその色を変えた。彼自身何が何やらよくわからなかったのだ。「そんなことするつもりはなかったんだ」と彼は続けた。「ただね、驚いてしまったんだよ。まるで誰かに摑みかかられたような気がしたものだから。僕は……なんて馬鹿なことをしたんだろう」

「ジェフリイ！」彼女の声は再び祈りとなっていた。その香煙は新たに生じたこの計りしれぬ深さの闇を抜けて天上の神のもとに達していた。

二人は席を立ち、みんなにお別れの挨拶をした。口籠りながら非礼を詫び、その場を取り繕った。でもそれは簡単に看過できるような出来事ではなかった。それは聖域侵犯にも等しいことである。ジェフリイは具合でも悪かったのだろう、とみんなは噂し合った。きっといらいらしてたのさ。

一方、ジェフリイとロクサンヌの心には、その一撃に関して説明しがたい恐怖が残った。一瞬とはいえ二人の心を何かが隔てたことに対する驚きである。彼の怒りと彼女の恐怖はすぐに二人の中で悲しみへと形を変えてはいたが、手遅れにならぬうちに急いで、二人のあいだに橋が架けられねばならなかった。二人の足もとを過ぎていったのはすばやい水の流れなのだろうか、それとも人知れぬおぞましい深淵がちらりと顔をのぞかせたのだろうか？

車に乗り込むと、秋の満月の下でジェフリイはきれぎれに話し始めた。自分でも説明がつかない、と彼は言った。きっとポーカーに没頭していたんだよ、すっかり。だから肩に手を置かれた時に、摑みかかられたような気がしたんだ。攻撃を受けたみたいにさ。ジェフリイは「攻撃」という言葉にしがみつき、盾のようにそれをかざした。僕は自分に触れたものを憎んだ。でもその苛立ちは、腕のひと振りでさっと消えてしまった。覚えているのはただそれだけさ。

二人は瞳を涙で濡らし、愛を囁き合った。そして澄みわたった夜空の下、車はマーロウのひっそりとした街並を滑り抜けていった。数刻ののちベッドにもぐり込んだ二人は、すっかり落ちつきを取り戻していた。ジェフリイは一週間ばかり仕事を離れることにした。のんびりと時を送り、よく眠り、長い散歩をする。彼の中の苛立ちがすっかり消えてしまうまで。そう決めて、ロクサンヌはやっと心を休めることができた。二人の枕は再び柔かさと優しさを取り戻し、二人のベッドは広々として明るさを増し、窓から差し込む月の光の下、もはや揺らぐことはないように感じられた。

五日後、夕暮の最初の冷気が漂うころ、ジェフリイはオーク材の椅子を手に取ると正面のガラス窓に向って投げつけた。そして長椅子に横たわって幼児のように泣きじゃくり、死なせてくれと叫んだ。彼の脳の中で、おはじきほどの大きさの血瘤が破裂していた。

Ⅲ

白昼の悪夢とでも呼ぶべきものがある。例を取るなら、一晩か二晩眠ることができなかった後の、ぐったりとした体に降り注ぐ朝の太陽、あの気分だ。身のまわりの生の諸相が一変してしまったようでもある。いま送っている人生が、本来とは違う別の枝道に入り込んでしまったもののように思われ始める。それは映画のひとこまかあるいは鏡の中の像みたいだ。人々の姿も通りも家も、すべてが薄暗く混乱した過去の投影にすぎない。そんな思いがありありとした確信となって迫る。

ジェフリイが倒れた後の一カ月、ロクサンヌはこうした状態にあった。くたくたになった時だけ眠り、目覚めはいつもぼんやりとしていた。状況の様々な断片が彼女を押し潰し、顔に消しがたい老いを刻み込んでいった。重苦しい声で語られる医師の長々しい診断、廊下にオーラの如く漂う微かな薬品の匂い、家中に楽し気に響いていた靴音は突然つま先立ちへと変った。そして何にも増して、かつては二人で温もりを分かちあった枕にぐったりと沈み込んだジェフリイの白い顔……。

希望は持っています、と医者たちは言ったが、それがせいぜいだった。ゆっくり静養なさることですね、と彼らは言った。そして生活のすべてがロクサンヌの双肩にのしかかってきた。様々な勘定を支払うのも、預金高を調べるのも、編集者に手紙を書くのも彼女の役目になった。料理をしてくれる女ももはや雇えなくなっていた。看護婦から病人食の作り方を習い、一ヵ月後には病人の世話をすべて一人で引き受けるようになった。費用のことを考えると、看護婦にも引き上げてもらわないわけにはいかなかった。同じ時期、二人いた若い黒人のメイドの一人にも暇をとらせた。ジェフリイが次から次へと短篇小説を書きつなぐことで、これまでの二人の生活が支えられていたことも判明した。

ハリー・クロムウェルは誰よりも足繁く見舞いにやってきた。ジェフリイが倒れたという衝撃的な報せに打ちのめされた彼は、妻がすでにシカゴに戻っていたにもかかわらず、暇を見つけてはひと月に何度かカーテン家に足を運んだ。ロクサンヌも彼の気持を嬉しく思った。ハリーには痛みを思いやる心があり、彼がそばにいるとその生来の優しさが彼女の心を和ませてくれた。ロクサンヌの性格も、僅かなあいだに急速に深さを増していた。ジェフリイだけではなく、二人のあいだに生まれるはずの子供まで私は失ってしまったではないか、と彼女は時折思った。何はともあれ子供がここにいてくれたなら……。

ジェフリイが倒れてから半年の歳月が流れ、悪夢もやっと薄らいで行った。しかしそれがあとに残していったのは新しい、見馴れぬ世界だった。それはより暗く、より冷ややかな世界だった。ロクサンヌがハリーの妻に会いに行ったのも、そんな時期のことである。彼女はシカゴでの列車待ちの一時間を利用して、儀礼的な訪問をすることにした。

ドアの中に足を一歩踏み入れるや、このアパートは昔見た何かにそっくり、という思いがまず彼女を捉えた。その何かを思い出すのにたいした時間はかからなかった。子供のころ横丁にあったパン屋さんだわ。ピンクの砂糖菓子が何列にもずらりと並んでいたあのパン屋さん。息が詰まりそうなピンク、食べ物のかたちをとったピンク、押しつけがましくて、下品で、いやらしいピンク。

このアパートの部屋が実にそれだった。一面のピンク。匂いまでがピンクだ。

クロムウェル夫人はピンクと黒の部屋着姿で客を迎えた。髪は黄色。脱色してるんだわ、とロクサンヌは思う。オキシフルを入れた水で週に一度髪を滌《すす》ぐのね。瞳はくすんだ水色。顔立ちは可愛いのだが、いささか意識してとりすましているところがあった。彼女は甲高い声で派手に親愛の情を表わした。初めの胡散臭そうな表情は、すぐにあたたかい歓迎に変った。もっともその変化のあまりの鮮かさから察するに、どちらの感情も、所詮声と表情だけで作りあげられた浅薄なものであるらしい。この女の奥深くに据えられた自己中心の核は、何に触れることもなく、また触れられることもないのだろう。

しかしロクサンヌにはそんなことを気にする余裕はなかった。彼女の目はキティー・クロムウェルの羽織った部屋着に釘づけにされてしまったからだ。それはお話にならぬほど汚れきっていた。裾から十センチほどの部分は青い床ぼこりでどっぷりと汚れ、その先の八センチは灰色に染まり、そのあとにやっと本来の色が現われていた。つまりはピンクである。袖口も襟もこれまた相当なものだった。まあ客間にお入りになって、と彼女が背中を向けた時、ロクサンヌはその首筋が汚れているのを確認した。

一方的な騒々しい会話が始まった。キティー・クロムウェルは自分の好き嫌いや、自分の頭や胃や歯の具合、自分の住んでいるアパートの様子などについてあけすけにしゃべりまくったが、ロクサンヌの身にふりかかった不幸には、触れないように細心の注意を払っているようだった。その注意深さには一種の優越感が窺えた。この人は辛い目にあっているのだから、そっとしておいてあげなくては、と思い込んでいるようである。

ロクサンヌは微笑んだ。あのキモノったら。それにあの首筋。

五分ばかりたったころ、小さな男の子がよちよちと客間に入り込んできた。薄汚れたピンク色のロンパースをつけた汚い子供だった。顔はグショグショに濡れている。ロクサンヌは抱き上げて鼻を拭いてやりたいような気分になった。鼻ばかりではない、顔中、どこもかしこもひどいものだった。小さな靴は爪先のところが破けていた。あまりにもひどい！

「まあ可愛い坊やだこと」ロクサンヌはにこやかに微笑みながら声を上げた。「さあ、小母さんのところにいらっしゃい」

クロムウェル夫人は冷ややかな目で息子をちらりと見た。

「ほんとにもう、この子ったら。きれいだったためしがないんだから。まああの顔をご覧になって」彼女は顔をそむけ、まるで他人事のように言い放った。

「可愛い坊やね」とロクサンヌは繰り返した。

「それにあのロンパース」とクロムウェル夫人は眉をひそめる。

「ロンパースを替えてほしいんじゃないの、ねえ、ジョージ？」

ジョージは、なんだろうという顔でロクサンヌを眺めた。彼にとってロンパースとは、今あるようにおそろしく汚れた衣類という以外の意味を持たなかったからだ。

「朝きちんとさせたばかりなのに、もうこれなんですもの」クロムウェル夫人は精も根も尽き果てた、といった風である。「ロンパースの替えがもうみつからなかったの。かといって裸で走りまわらせる訳にもいかないし、それで前のをもう一度——あ、あの顔ったら——」

「ロンパースの替えは何枚くらいお持ちなんですか？」ロクサンヌは何気なさそうに愛想よくそう訊ねてみた。羽根扇は何本お持ち？　と訊ねるような感じで。

「ええと——」とクロムウェル夫人は可愛い額に皺を寄せて、考え込んだ。「五枚ぐらいかな、それで充分じゃないかしら？」

「一枚五十セントで買えるんじゃありません？」

クロムウェル夫人の目は驚きの色を浮かべたが、そこには優越感のかすかな影もあった。あら、ロンパースの値段ですって！

「どうでしょう、とんと見当もつかなくて。まあたしかに沢山あるに越したことはないんでしょうけど、なにしろ洗濯屋さんに出しに行く暇さえろくにありませんの」、そしてごくあっさりと話題を変えた。「ねえ、あなたに是非お見せしたいものがあるのよ」

二人は席を立ち、クロムウェル夫人を先に立てて、床一面に洋服の散らばったバスルームを抜け（確かに洗濯屋に持って行く暇もなかったようね）、ピンク三昧とでも表現すべき部屋に入った。これこそがクロムウェル夫人の私室であった。

部屋の主は衣裳棚の扉を開け、ロクサンヌの眼前に驚嘆すべき肌着のコレクションをずらりと並べて見せた。絹やレースの何ダースもの薄物の列。そのどれもが清潔で皺ひとつなく、手を通した形跡さえ認められない。その脇のハンガーには、新しいイヴニング・ドレスが三着吊されている。

「きれいな洋服だってこんなにいっぱい持っているのに」とクロムウェル夫人は言った。「着る機会なんてぜんぜんなし。ハリーったらまるっきりの出不精なものだから」と悔し気な声になる。「あの人は、私が昼間はずっと保母兼家政婦の役をつとめて、夜には可愛い奥さんの役をつとめていればご満悦なのよ」

ロクサンヌはまた微笑んだ。

「本当にきれいなお洋服をお持ちなのね」

「そうなの。お待ちになって、もっと他にも――」

「本当にきれい」とロクサンヌは言葉を重ね、彼女の話を遮った。「でももう失礼しないと、汽車に遅れてしまうから」

彼女は自分の手がぶるぶると震えていることに気づいた。この女の肩に手をやってぐいぐい揺さぶってやりたい、とロクサンヌは思う。もう我慢できないわ。この女をどこかに閉じ込めて、家中を掃除してまわりたい。

「とてもきれい」と彼女は繰り返した。「でも今日はちょっとお伺いしただけですから」

「ハリーがいればよかったんだけど」

二人は玄関に立つ。

「ああ、そうそう」ロクサンヌは必死に自制しながらそう言ったが、声は依然として穏やかで、口もとには微笑さえ浮かんでいた。「ロンパースなら、アーガイルの店で売っているんじゃないかしら。それではご機嫌よう」

駅に着き、マーロウ行きの切符を買う段になって、ある事実にはたと思い当った。この半年のあいだで、たとえ五分間にせよ、彼女の心から初めてジェフリイの存在が消えていたことに。

Ⅳ

一週間後、ハリーがマーロウにやってきた。午後の五時、突然の訪問であった。彼は庭の小径をやってきて、ポーチの椅子にぐったりとした様子で沈み込んだ。ロクサンヌの方も息の抜けない一日を送り、疲れ果てていたところだった。五時半には、医師たちが権威ある神経の専門医を連れて来ることになっている。彼女の心は期待と不安に引き裂かれていた。しかしハリーの目を見ると、隣りに腰を下ろさないわけにはいかなかった。

「どうかなさったの？」

「いや、べつに、何でもないんですよ、ロクサンヌ」とハリーは首を振った。「ジェフがどうしてるかと思ってね。僕のことはおかまいなく」

「ハリー」とロクサンヌはなおも訊ねた。「本当は何かあったんでしょう？」

「何もありゃしませんよ」と彼も繰り返した。「どうです、ジェフの具合は？」

彼女の顔は不安気に曇った。

「それがあまりよくないのよ。実は今日ジュウイットっていうお医者がニューヨークからおみえになって、やっとはっきりしたことが伺えるらしいの。ジェフリイの麻痺が血瘤から来たものかどうか診察して下さるらしいわ」

ハリーは椅子から立ち上がった。

「申しわけないことをしてしまった」彼ははっと我に返ってそう言った。「診察を待っていたとは知らなかったものだから。お邪魔するべきじゃなかった。僕はただ、このポーチの揺り椅子に一時間ばかり身体を休めたいと思って――」

「お座りなさいな」と彼女は言った。

ハリーは戸惑った。

「いいからお座りなさいよ、ハリー」彼女の優しさがあふれでて、それはハリーを包んだ。

「何かあったのね。顔が真青よ。いま冷えたビールでもお持ちするわ」

堰が切れたように、ハリーは椅子の中に崩れおち、両手で顔を掩《おお》った。

「僕には女房を幸せにできないんだ」彼はしぼり出すようにそう言った。「ずいぶん努めてはみたんだ。実は今朝も朝食のことで少し言い合いをしてね――僕はここのところずっと街の食堂で朝食を食べていたもんだから……それでつまり……僕が出勤したあとで女房のやつは家を出たんだ。ジョージを連れて、トランクいっぱいにレースの下着を詰めて、東部の母親のところにね」

「なんてことを！」

「いったいどうすればいいのか――」

その時、砂利を踏みしめる音とともに、一台の車が角を曲り、車寄せにその姿を現わした。ロクサンヌの口から微かな叫びが洩れる。

「ジュウェット先生よ」

「じゃあ、僕はこれで――」

「いいえ、お待ちになってて」放心した様子で、彼女はハリーの言葉を遮った。ハリーには自分の問題がロクサンヌの乱れた心の表面で、既に命を失っていることがわかった。

手短かでとおりいっぺんの挨拶と紹介があった後、一行は中に入り、ハリーを残して階上に消えた。ハリーはひとり図書室に入ると、大きなソファーに腰を下ろした。

ハリーは太陽が更紗のカーテンの模様に沿ってしのびあがって行く様を一時間ばかり眺めていた。窓にはさみ込まれてしまった一匹の蜂が、しいんと静まりかえった部屋の騒音を一手に引き受けていた。時折それに似た唸りが階上からも聞こえてきた。巨大な窓の中に閉じ込められた何匹もの大きな蜂の羽音のようだな、とハリーは思う。低い足音や、ガラス瓶の触れ合う音、水を注ぐ際の、とくとくという音もした。

どうして、僕やロクサンヌばかりがひどい目にあうんだろう？　我々がいったい何をしたというんだ？　階上では今、友人の魂に生死の宣告が下されようとしている。そして僕はこの沈黙の部屋に腰を下ろし、蜂の苛立った羽音に耳を傾けている。そういえば、子供のころにもあの口うるさい叔母に、罰としてたっぷり一時間もこんな風に座らされたものだった。待てよ、どうして僕はここにこうしているのだろう？　まるであのおっかない叔母が天国から身を乗り出して、僕に罪を償わさせているみたいじゃないか。償う？　いったい何を償えと言うんだろう？

キティーのことはもう絶望的だ。あの女は金がかかりすぎる。今更それがあらたまるわけもなかろう。そう思うと、妻への憎しみが急にこみあげてきた。床に突き倒して蹴とばしてやりたい。そしてこう言ってやる。この嘘つきの、蛭《ひる》のような女め――。おまけに不潔きわまりない。何はともあれ、子供だけは取り戻さなくては。

ハリーは立ち上がり、部屋の中を行きつ戻りつした。時を同じくして、階上の廊下でも誰かが歩き始めた。歩調まで同じだ。ひょっとしてこちらに調子を合わせて歩いているのだろうか、と彼はふと思ったが、足音は廊下のつきあたりではたと止んだ。

キティーは母親の家に行ってしまった。まったく、あの母親も母親だ。ハリーは母娘の対面の情景を思い浮かべようとした。虐げられた女が母親の胸に泣き伏す図だ。少し試みてから、彼はあきらめる。あのキティーに深い悲しみを抱くことができるものか。彼の心の中でキティーはよそよそしく無感動な存在へと変って行った。こうなれば当然離婚ということにもなろうし、あいつのことだ、きっと再婚するに違いない。再婚、と彼は考えてみた。いったいどんな男と再婚するんだろう、彼はひとしきり苦笑いしてから、急に沈み込んだ。キティーがどこかの男にしがみついている光景が頭に閃いた。男の顔は陰になって見えない。彼女の唇が、相手の唇に情熱をこめて押しつけられる。

「やめてくれ！」と彼は大声で叫ぶ。「やめてくれ、やめてくれ、やめてくれ！」

それから幾つもの厚みのある画像が、素速くやってきた。朝のキティーの姿はかすんでいった。あのうす汚いキモノも折り畳まれて消えた。ふくれっ面も、怒りも、涙も、どこかに押しやられた。そして彼女は昔のキティー・カーになった。黄色い髪と、つぶらな瞳のキティー・カー。ああ、彼女は僕を愛してくれた。この僕を愛してくれたんだ。

少しあとになって、ハリーは自分の中の何かがおかしいことに気づいた。その何かはキティーやジェフの問題とは領域を異にするものであるらしかった。それが空腹感であることに、彼はやっと気づいた。なんだ、そんなことか。すぐに台所に行き、黒人のメイドにサンドウィッチでも作ってもらおう。それから街に戻らなくては。

彼は壁の前に立ち、何やら丸いものを引き抜いて、指でなんということもなくいじりまわした。そして幼児がぴかぴかの玩具を舐めるように、口に入れてみた。それに歯をあてる。ああ、あれか！

あいつはあの汚らしいピンクのキモノを置いて行った。あんなもののどこかに持って行ってくれるくらいの慎みがあっても良さそうなものなのに、と彼は思う。ヤモノはまるで二人にとりついていた疫病神の脱け殻のように家の中にぶらさがっていることだろう。まあいい、あんなもの捨てちまうさ。いや、駄目だ。俺にはそんなこと絶対にできやしない。あれはまるでキティーそのものだ。柔かくてくにゃくにゃして、おまけに無感覚ときている。誰もキティーを動かすことはできない。誰もキティーの心に訴えることはできない。訴えようにもあの女には核心というものがないんだ。ハリーはようやくそれを理解することができた。いや、彼には初めからわかっていたのだ。

彼は壁に向うと、力まかせにまたひとつビスケットを釘ごと引き抜いた。まん中の釘を注意深く取り除いた後で、漠然とした疑問が頭に浮かぶ。さっきのビスケットの釘はいったいどうしたんだっけ？　食べた？　まさか、幾らなんでもこんな大きな釘を……。彼は手で腹をさすってみる。何にしてもひどく腹が減っているようだった。そういえば、昨日は夕飯を食べ損ねたんだ。そう、昨日はメイドが休みで、キティーのやつは自分の部屋に寝転んでチョコレート・ドロップをなめていたんだ。そしてあいつはこう言った。あたし、今日はなんだか息苦しいの。だから傍に寄らないでね。

仕方がない。僕はジョージを風呂に入れて寝かしつけ、夕食前に一服しようと長椅子に腰を下ろした。どうやらそのまま寝入ってしまったらしい。目が覚めたのは十一時だった。さて冷蔵庫を開けてみると、中にはひと握りのポテト・サラダしかなかった。結局、その夜口にしたのはそれと、キティーの机の上にあったチョコレート・ドロップだけだった。今朝は今朝で、街の食堂で急いで朝食を詰め込み、それから会社にでかけた。しかし昼になると、あいつのことがどうしても心配になってきた。だから一緒にランチでも取らないかとわざわざ家まで戻ってきたんじゃないか。するとどうだ、僕の机の上に書き置きがあり、衣裳棚の例の肌着はそっくり消えていた。書き置きには、トランクは郵送して下さい、とだけあった。

こんなに腹が減ったのは初めてだ、と彼は思った。

ソファーに座り、ぼんやりとカーペットを眺めているうちに時計が五時を打った。看護婦が足音を忍ばせて階段を下りてきた。

「ミスタ・クロムウェル？」

「そうですが？」

「あのう、ミセス・カーテンは夕食をご一緒できないそうです。ご気分がおよろしくないんです。食事はメイドに用意させますし、客室の用意もできておりますから、とおっしゃっておられました」

「具合が悪いんですか？」

「お部屋でおやすみになっていらっしゃいます。診断がさっき終りましたので」

「それで——何か結果は出たんですか？」

「ええ」と看護婦は声を落とした。「まず見込みはないだろうと、ジュウェット先生はおっしゃっておられます。さしあたって生命に別状はないんですが、恢復の見込みもありません。目も見えないし、起き上がることも、考えることも。ただ息をするだけです」

「息をするだけ？」

「そうです」

ここで初めて看護婦は、書きもの机の脇に一ダースほど並んでいた奇妙な円形の物体が、ひとつだけを残してすべて消え失せていることに気づいた。何か異国風の飾りもののように見えたのだけれど。あとには小さな釘穴が一列残っているだけだ。

ハリーは看護婦の視線をぼうっとした目で追ってから、立ち上がった。

「いや私はもう失礼します。電車はまだ動いていますよね」

彼女は頷いた。ハリーは帽子を手に取る。

「お気をつけて」と彼女は愛想よく言った。

「さようなら」、彼はまるで自らに言いきかせるようにそうつぶやくと、ドアに向ったが、どうやら抗しがたい必要性に駆られたらしく、途中でふと歩を止め、壁から最後の物体をもぎとって、ポケットに収めた。

それからスクリーン・ドアを開け、ポーチを下り、看護婦の視界から消えて行った。

V

時は移り、ジェフリイ・カーテン邸のかつてはしみひとつなかった白ペンキの外装も、幾度か巡り来た七月の太陽としっかり取り決めを結んだらしく、忠実に灰色へと変って行った。ペンキはひからびて、巨大な脆い鱗となった。それはグロテスクな体操をしている老人のように後に反りかえり、遂には伸びすぎた芝生の上に落ちて、黴《かび》臭く死んで行った。玄関の柱のペンキは幾筋も縦にかき割れて、左手の玄関の脇柱に付いていた白い飾り球も落ちてしまった。緑のブラインドは薄汚れ、色としての主張をすっかりひっこめてしまった。

　この家には思いやりある人ですらあまり近づかなくなってしまった。おまけにはす向いの広い土地を教会が墓地用に買いとったため、人々は何かとその二つを結びつけた。ほら、カーテン夫人があの「生ける屍」の御主人と暮しているところ、といった具合に。そしてその通りの一角には、幽鬼じみたオーラが生まれることになった。とはいえ、ロクサンヌが世間から見捨てられたわけではない。人々は男女の別なく会いに来てくれたし、街で買物中の彼女を見かければ、車で送りましょうかと声をかけてくれた。そんな折りには家に上げて軽い茶飲み話もした。昔なじみのそうした人々にとって、ロクサンヌの笑顔は昔と同じように魅力的だった。しかし事情を知らぬ街の男たちは、通りを行く彼女の姿にもう見とれたりはしない。決して皺が増えたわけでもなく、太ったわけでもないのに、透明なヴェールが彼女の美貌をすっぽりと掩ってしまったらしい。そしてあのみずみずしさも失せてしまった。

彼女は村の中ではちょっとした語り草になっていた。彼女についての幾つかの噂話も囁かれるようになった。いわく、カーテン夫人はアイス・スケートで食料品店や薬局に買物に行く。この地方の冬は厳しく、氷の張った道は馬車も自動車も通さない。だから彼女はスケートの技術を身につけた。一刻も早くジェフリイのもとに戻るためらしい。いわく、カーテン夫人は夫が倒れた日から一晩も欠かさず、夫のベッドのとなりに小さなベッドを置いて、彼の手を握って寝ているらしい。

人々の心の中では、ジェフリイ・カーテンはすでに死者の列に加えられていた。年をかさねるにつれて、彼を知る人々も、あるいは死に、あるいは他の地へと移って行った。僅かに残った土地の古株たちが集って、お互いの妻君をファースト・ネームで呼び合いながらカクテルを飲むような折りに、ジェフのように頭が切れて才能のある人物はその後このマーロウの街にはとうとう現われなかったね、といった話が出る程度のものだった。思い出したようにカーテン家を訪れる人々にとっても、ジェフリィの存在はあってなきが如きものだった。ときおり話の途中で、ちょっと失礼、とカーテン夫人が立ち上がり、急ぎ足で階上に向うのを見て、ああそういえば、と思い出すくらいだ。日曜の午後の、もったりした空気がたれこめた静かな客間に、呻きや鋭い叫びをもたらすだけの存在。

彼は身動きひとつできない。目も見えず、口もきけず、無意識の衣に掩われている。毎朝部屋を整えるあいだ車椅子に移される他は、終日ベッドに横たわっているだけだ。体の麻痺はじわじわと心臓に近づいて行った。最初の一年、ロクサンヌは握りしめた夫の手に、時としてほんの微かではあるけれど、応答するような力を感じることができた。しかしそれも長くは続かなかった。反応は、ある夜ぷっつりと途切れたきり二度と戻らなかった。いったい何が消えてしまったのだろう、彼の魂のどの部分が飛び去ってしまったのか、あの叩き潰された神経が、かろうじて伝えていた意識の最後のかけらはどこへ行ってしまったのか？　二日二晩、ロクサンヌは闇の奥を見据えつつ、思いを巡らした。

こうして希望の灯は消えた。ロクサンヌの心を尽くした看護がなければ、その最後の輝きでさえ、とっくの昔に消えていたに違いない。彼女は毎朝夫の髭を剃り、体をぬぐい、一人で夫をベッドから椅子に移し、またベッドに戻した。一日の殆んどの時間を夫の傍で過した。薬を与え、枕をなおし、あるいは話しかけたりもした。人が見れば、頭の良い犬に話しかけているのかと錯覚したかもしれない。返答を求めるわけでも、理解を期待しているわけでもない。そこにあるものは、燃え尽きた残り火の中に微かな暖を求める、祈りにも似た想いだった。

ひとりの著名な神経専門医をも含めた少なからざる人々が、そんなに懸命に看病したところで無駄ですよ、とかなりはっきり匂わせていった。もし仮りに意識が戻ったとしても、ジェフリイはきっと死を望むことでしょう。彼の意識がどこかもっと広い空間を漂っているのだとしたら、それはあなたのそのような献身をこころよしとしないでしょう。彼は肉体という牢獄に閉じ込められていることに耐えられず、魂の完全な解放を求めることでしょう。

「でも」と彼女は静かに首を振りながら答える。「ジェフリイと結婚したとき、それは——私が彼を愛することをやめるまでは」

「そうはおっしゃっても……」と彼らは言った。そこには、あなたにもあれを愛することはできますまい、という言外の意味があった。

「かつての彼を愛することはできます。それ以外私に何ができるのですか？」

　専門医は肩をすくめて去って行った。そして人々にこう言う。ミセス・カーテンは立派な方だ。天使の如く優しい。それにしても、と彼はつけ加える、なんという痛ましい話だろう。

「彼女の面倒を見たいと恋こがれている男の何人かはいるだろうに。いや、一ダースはいるかもな……」

　時折そういうこともあった。しかし男たちのそんな想いは、尊敬の念に呑まれていくのが常だった。おかしな言い方ではあるが、今や彼女が愛を向けることができる対象は、自分一人が食べるにもやっとという中から食物を恵んでやる女乞食から、肉切台の向うから彼女にステーキ用の肉の薄切りを売ってくれる肉屋に至る、この世に生きとし生ける人々の総体に限られるようになっていた。彼女の愛に別の一面があるとしても、そのすべては、ベッドに身を横たえたまま、眉ひとつ動かさぬ彼《か》のミイラの中に注ぎ込まれ、封じ込められてしまったようだった。夫は、まるでコンパスの針のように、光に向けて機械的に顔を動かしつつ、最後の一波が彼の魂を押しながすその時を、じっと待ちつづけていた。

十一年ののち、五月のある真夜中に、彼は息をひきとった。ライラックの香りが窓際に漂い、風が蛙や蟬の鮮かな声を運びくる夜だった。午前二時にふと目を覚ましたロクサンヌは、自分がついにこの家に一人置き去りにされてしまったことを知って、驚きの念に打たれた。

Ⅵ

夫の死後、ロクサンヌはしばしば雨ざらしのポーチの椅子に座って夕方までの時間を過した。眼前の草原はうねりつつ緩やかな傾斜をもって下り、その彼方には白と緑に色どられたマーロウの街並が見えた。この先どうやって生きていけばいいのだろう、と彼女は思う。三十六歳、美しく、強く、そして自由であった。この何年ものあいだに、ジェフリイ名義の保険はすっかり使い果たしてしまった。不本意ながらも両脇の土地を何エーカーか手放し、少額とはいえ家屋を抵当に入れて借金もした。

夫が死んだ後、彼女はすっかり手持ち無沙汰になってしまった。毎朝、夫の身づくろいをする必要も、急いで街に買物に出る必要も奪われてしまった。せわしなくはあったが、それだけにめりはりもあった肉屋や雑貨屋での人々との束の間の手短かな語らいも、もう残されていない。一人分の食事を作るだけで用はすんだ。今では夫のための流動食に気を遣う必要もない。ある日などエネルギーを持て余したロクサンヌは、鍬を持ち出して、長い間にカチカチになってしまった庭を、隅から隅まで掘り返しさえした。

夜になると、ロクサンヌは一人で部屋に籠った。それは彼女の新婚生活の輝かしい日々を、そしてあの辛い日々をも眺めてきた部屋だった。ジェフの面影を求め、ロクサンヌの心はかつての輝ける世界へと戻って行く。二人が互いを求め合い、睦み合っていたあの過ぎ去りし日々……。将来のことは考えたくない。この先、どのような人と巡り合うにせよ、そこにはもう手放しの気持はないだろう。彼女は何度も目覚めては寝つけぬまま、ジェフがとなりにいてくれていたなら、と思うのだった。たとえ動くことができずとも、息をするだけでもいい、生きてさえいてくれたら。だってそれはとにかくジェフなのだから。

ジェフリイが死んで、半年ばかりたったある日の午後、彼女は黒い喪服に身を包み、ポーチの椅子に腰を下ろしていた。その喪服はロクサンヌの身体から贅肉の気配すらはぎとっていた。小春日和の中、まわりはすっかり黄金色に染まっていた。静けさを破るものは、木の葉が風にそよぐ音だけだ。西の空からは、午後四時の太陽が赤と黄の筋を燃えあがる空一面にしたたらせていた。鳥たちはすでに遠い地に去っていた。ただ柱の上の軒じゃばらに巣を作った一羽の雀だけが、時折揺れる頭上の柳の枝に合わせて声色を変えながら、断続的にさえずりつづけていた。ロクサンヌは雀の姿が見えるようにと椅子の位置を変え、夕暮のふところに抱かれるように、ぼんやりとあてなく思いをめぐらせた。

ハリー・クロムウェルがシカゴからやってきて、夕食を共にすることになっていた。八年前に離婚したこともあり、ハリーはしばしばこの家を訪れた。二人のあいだには長い年月を経た一種の様式が確立されていた。ハリーが到着すると、二人でまず二階にジェフリイの様子を見に行く。そしてベッドの端に腰をかけ、元気のいい声でこう訊ねる。

「やあ、ジェフ。具合はどうだね？」

ロクサンヌはその間、旧友を前にした夫の心に何かの反応が現われぬものかと一縷の望みを抱きつつ、目を皿のようにするのである。しかしその青白い、皺の刻み込まれた顔には何の動きもない。閉ざされた目が、あたかも失われてしまった光明の代わりを求めるように、光に向けて相も変らぬ緩慢な動きを見せるだけだった。

訪問は八年に及んだ。復活祭、クリスマス、感謝祭、そして折々の日曜日。ハリーはやってきてはジェフに話しかけ、その後はポーチの椅子でロクサンヌと話し込んだ。ハリーは彼女に思慕の情を抱いてはいたが、そんな気持を隠すわけでもなく、かといって二人の関係を深めようとするわけでもなかった。ロクサンヌは彼にとってはいちばんの友人だった。彼女こそがハリーの平穏であり、安らぎであり、過ぎ去りし日々であったように。ちょうどあのベッドに横たわる肉の塊りが、かつては最良の友人であった。彼の心の傷を知るものも、また彼女一人である。

ハリーは葬儀にこそ出たものの、そのあと東部に転勤になったため、シカゴ近辺に来るのも、商用があるときに限られるようになった。ロクサンヌは、いらっしゃれるものでしたら足をのばして下さい、と手紙を書いた。ハリーは市内に一泊した後、電車でやってきた。

二人は握手をし、彼は揺り椅子を並べるのを手伝った。

「ジョージはいかが？」

「元気だよ、ロクサンヌ。学校が気に入ったようだ」

「やはり手もとには置けなかったのね」

「それはやはり――」

「お淋しいでしょう、ハリー？」

「うん。やはり淋しい。なかなか愉快な子供でね――」

ハリーがしゃべりつづける子供の話にロクサンヌは楽し気に耳を傾けた。次の休暇には是非ジョージと一緒に来て下さらない。だってジョージちゃんには一度しか会ったことがないんですもの。……ああ、あの汚れたロンパースを着た坊や。

ロクサンヌが夕食の準備をするあいだ、ハリーはポーチで新聞を読んでいた。骨付き肉が四本に、庭でとれた遅蒔きの野菜という献立だ。テーブルの上にそれを並べると、彼女はハリーを呼び、二人で腰を下ろして子供の話を続けた。

「私にもし子供がいたら――」とロクサンヌは言うのだった。

食後に庭を散歩しながら、ハリーは彼女に小口の投資についての忠告をした。二人はあちこちで歩みを止めては、そういえばこれは昔はセメントのベンチだったねとか、ここは以前テニス・コートだったわ、などと言い合った。

「ねえ、覚えている――」

そして二人は思い出の洪水の中に浸った。ほらみんなで写真を撮りまくったあの日、ジェフが仔牛にまたがってポーズをとったでしょう。君とジェフリイが草原に寝転んで頬を寄せ合っているところをスケッチしたりもしたね。ジェフが雨の日にも往き来できるように、母屋と別棟の仕事場とのあいだに屋根付きの廊下を作るつもりで、工事にもかかっていたんだけれど……。結局、今残っているのは、あの母屋にくっついたニワトリ籠みたいな三角の枠だけよ。

「ああ、それにあのはっか入りの砂糖水《ジュレップ》」

「それから、ほら、あのジェフの手帳！　覚えてらっしゃる？　あそこに書いてあった小説のための覚え書きを、よくポケットからこっそり抜いては声を出して読みあげたものだわ。ジェフったら気でも狂ったように怒ったじゃない」

「まったくね。奴は小説に関しては子供そのままだった」

一瞬二人は黙り込む。口を開いたのはハリーだった。

「僕たち夫婦もここに土地を持つつもりだったのを覚えてる？　隣りに二十エーカーばかり土地を買って、盛大なパーティーを開こうって話もあったね」

再び沈黙が下りる。その沈黙を破ったのは、今回はロクサンヌの小さな声だった。

「キティーは今どうしているかご存じ？」

「ああ――うん」とハリーは穏かに認めた。「今はシアトルにいる。ホートンっていう木材王だかなんだかと再婚してね。彼女よりは相当年上らしいね」

「うまくやってらっしゃるのかしら？」

「噂ではね。好きなだけ物は買えるわけだし、仕事といっても、夕食時に御亭主のために着飾るくらいだから」

「なるほど」

ハリーはあっさりと話題を変えた。

「ずっとここにいるつもり？」

「そのつもりなの」とロクサンヌは言って頷いた。「ずいぶん長くここに住んだせいか、動くのも億劫になってしまって……。看護婦になることも考えてはみたんだけど、そうなるとここを離れなくちゃならないし、下宿屋にでもしようかと思っているところなの」

「部屋を間借りするわけ？」

「いいえ、経営するの。下宿屋の女主人《おかみ》になるってそんなに変かしら？　でもとにかく、黒人のメイドを一人雇えば、夏には八人くらい泊められるし、冬場でもうまくいけば二、三人なら客を集められるかもしれないわ。もちろんペンキも塗り替えなくちゃならないし、中も改装することになるとは思うんだけど」

ハリーは考え込んだ。

「ねえ、ロクサンヌ、よくよく考えた末のことだとは思うんだけど、僕にはいささかショックだね。かつて、君はこの家の花嫁だったんだ」

「というか」と彼女は答える。「だからこそ私はこの家に留まりたいのよ。たとえ下宿屋の女主人《おかみ》としてであってもね」

「そういえばパン焼き皿いっぱいにビスケットを焼いたことがあったね」

「そうそう、ビスケット」と彼女は声を上げた。「あなたがあれをみんな食べたことも聞いたわ。となると、きっとそれほどまずくはなかったのね。あの夜はひどく参っていたんだけど、看護婦さんからビスケットの話を聞かされた時は思わず笑ってしまったわ」

「さっき見た時、図書室の壁には釘穴が十二個、ジェフが打ちつけたそのままにまだ並んでいたな」

「ええ」

日はとっぷりと暮れ、凜とした冷気が辺りに漂い始めていた。ささやかな一陣の風が最後の枯葉をさらって行く。ロクサンヌは微かに身震いした。「中に入りましょう」

ハリーは時計を見る。

「いや、すっかり遅くなった。そろそろおいとましなくては。明日には東部に帰ることになっているので」

「どうしても？」

二人はポーチの階段下でしばしたたずみ、遠い湖の上あたりに昇り始めた、雪が積もったみたいに真白な月を眺めた。夏は遠く過ぎ去り、今は冬を前にした小春日和。夜に入って芝生は冷えびえとして、そこには潤いもなく、露もおりない。ハリーが去ったら、ロクサンヌは家に入ってガスの火を点け、鎧戸をおろすだろう。ハリーは村に向う小径をたどって行くだろう。この二人の前を、人生はあまりに速く通り過ぎていった。しかしそれが残して行ったものは苦い思いではなく、悲しみを見つめる心だった。幻滅ではなく、痛みだけだ。二人が互いの目の中に浮かんだいたわりを認め合いながら別れの握手を交わす時、月は既に明るくあたりを照らしていた。

氷の宮殿

Ice Palace

I

絵壺を彩る金色の絵の具のように、太陽の光が家屋の上にしたたり落ちていた。ところどころに揺らめく影も、降り注ぐ光の強烈さをかえって際立たせているだけだ。バタワース家やラーキン家がこんもり茂った大樹の影に側面をしっかり防御されているのに比べ、このハッパー家だけは真正直に太陽の光を浴び、おまけに家の正面は砂ぼこりの立つ未舗装道路になっているものだから、なんだかあきらめきったような印象を見るものに与えている。ここはジョージア州最南端、タールトン市。九月の昼下がりである。

二階のベッドルームの窓ではサリー・キャロル・ハッパーがその十九歳の若々しい顎を当年とって五十二歳になる古い窓枠に載せ、クラーク・ダロウの骨董品に近いフォードが角を曲ってやってくるのを眺めていた。車は焼けるように熱かった。部分的に金属が使われており、吸い込まれたり放出されたりした熱がそっくりそこに貯めこまれてしまったからだ。クラーク・ダロウはげんなりした顔つきでしゃちほこばってハンドルを握っていた。自らが自動車の（それも今にも壊れそうな）部品になり果てたような様子だった。彼がやっとの思いで二本の轍を越えると、四つの車輪は憤慨したようにきしんだ音を立てた。そして彼はすさまじい表情でぐいとハンドルを切り、自分の体ごと車をハッパー家のほぼ正面に横づけにした。物悲しい呻きがあり、末期のがたつきがあり、そのあとに短かい沈黙があった。それから口笛の音が大気を切り裂く。

サリー・キャロルは眠たそうに下を見やった。欠伸をしかけたが、顎を窓枠に載せたまま欠伸をするのは不可能だと悟ると、それを噛み殺し、口をつぐんで車を眺めつづけた。車の主はいささかとってつけたような晴れやかさを顔に浮かべて、合図への返事をじっと待っていた。少し間をおいて砂塵漂う大気の中に再び口笛が響きわたる。

「おはよう」

クラークは長身を苦労してねじ曲げ、しかめつらを二階の窓に向けた。

「朝はもう終ったぜ、サリー・キャロル」

「あら、そうなの？」

「何してるんだい？」

「りんご、食べてるの」

「どうだい、泳ぎに行かないか」

「行ってもいいけどさ」

「じゃあ急げよ」

「わかったわ」

彼女は深いため息をつき、いかにもおっくうそうに床から立ち上がった。さっきからずっとそこに座りこんで、青りんごを齧ったり妹のためにペーパードールの色を塗ってやったり、それを交互に繰り返していたのである。鏡の前に立ち、心地良いけだるさを楽しむようにしばらく顔を見つめてから、口紅を唇の二カ所にとんとんと軽くつけ、パウダーをおしるしほど鼻につけ、とうもろこし色の断髪の上に、バラ色の模様をちらした日除け帽をかぶった。そこで足もとの絵の具用の水差しを蹴とばしてしまう。チェッ、でもそのままにして、部屋を出る。

一分ばかりあとに、彼女は車上にするりと滑り込んでいた。「お元気、クラーク？」

「御機嫌だよ、サリー・キャロル」

「何処に泳ぎに行くの」

「ウォリーのプールさ。マリリンの家に寄って、マリリンとジョー・ユーイングを途中で拾うことになってるんだ」

クラークは浅黒くやせた男で、歩く折りにはいくぶん猫背になる。目つきは暗く、むずかしい顔をしているが、にっこり微笑むと別人のような明るい顔に変った。クラークにはいわゆる「不労所得」があった。気持良く暮せて車のガソリンを切らせない程度のものである。ジョージア工科大学を卒業したあと彼は故郷の街に戻り、のんびりとした通りのあちこちで何をするともなく暇を潰し、どうすればてっとりばやく財産を作れるかを議論しながら二年間を送ってきた。

ぶらぶらと時を過すことにとくに苦痛は感じなかった。幼なじみの女の子たちはみんな綺麗な娘に成長していたし（なかでもサリー・キャロルがいちばんだ）、彼女たちと泳いだり、ダンスをしたり、花の匂いがあふれる夏の夜にいちゃついたりしているうちに、時は流れていった。クラークは彼女たちの大のお気に入りだった。もし女の子たちが鼻についてきたとしても、若さをもてあましている仲間の男たちは何人かいて、ゴルフやビリヤードをやらないかとか、「黄色くてキツいやつ《ハード・イエラ・リカー》」をいっぱいやろうぜといった誘いに彼らは喜んでついてきた。ニューヨークやフィラデルフィアやピッツバーグに出て身を立てようと、街に別れを告げる同世代の青年たちもいないわけではなかったが、おおかたは美しい空や、蛍のとびかう夜や、にぎやかな黒人街のバザーや、とりわけ娘たち――金の匂いではなく、古い思い出の香りに包まれて育ってきた声音の優しい娘たち――に彩られたこの物憂げな楽園に留まりつづけることになった。

　フォードはようやく息を吹きかえしたように、せわしなく腹立たしげな音を立てて動き出し、クラークとサリー・キャロルはヴァリー街をジェファソン通りに向けてカタカタと進んだ。砂塵舞う田舎道はそこで終り、舗装道路が始まる。麻酔でも打たれたようにしんとして、半ダースばかりの豪邸の建ち並ぶミリセント・プレイスを抜け、ダウン・タウンへと入っていく。買物時間にぶつかったおかげで、車を運転するのは危険な作業になる。人々は信号を無視して悠々と通りを横切るし、のんびりした路面電車の正面では低い声で鳴く牛の群を牛追いが急《せ》かせているというありさまだ。商店さえもがしばしの昏睡《コーマ》に陥る寸前のひとときとでもいった風情で、ドアは欠伸をし、窓は陽光の下で眠た気に目をしきりにしばたたかせていた。

「ねえ、サリー・キャロル」とクラークが突然口を開いた。「婚約したって本当かい？」

　サリー・キャロルはさっと彼の顔を見た。

「そんなこと何処で聞き込んできたの？」

「本当に婚約したのかい」

「質問にちゃんと答えて」

「ある娘《こ》から聞いたのさ。お前さんがこの前の夏にアッシュヴィルで知り合った北部もの《ヤンキー》と婚約したってね」

サリー・キャロルはため息をついた。

「こんな噂好きの街は見たことがないわ」

「北部もの《ヤンキー》となんて結婚するなよ、サリー・キャロル。ずっとここに居てくれよ」

サリー・キャロルは一瞬黙り込んだ。

「クラーク」と彼女は突然口を開いて返答を求めた。「じゃあ私はいったい誰と結婚すればいいっていうの」

「僕とじゃどうだい」

「あなたは奥さんを養ってはいけないわ」彼女は冗談めかしてそう言う。「それに今更あなたに恋するにはあなたのことを知りすぎてるもの」

「だからといって北部もの《ヤンキー》と一緒になることもなかろうよ」と彼は言い張る。

「相手の人を愛しているとしても？」

男は首を振った。

「無理だろうね。われわれとはあらゆる点で人種がまるで違うんだ。隅から隅までね」

そう言うとクラークは口をつぐみ、とりとめのないかたちをした荒れた家屋の前に車をつけた。マリリン・ウェイドとジョー・ユーイングが戸口に現われた。

「やあ、サリー・キャロル」

「こんちは」

「二人とも元気？」

「ねえ、サリー・キャロル」再び車が動き出すとすぐにマリリンが口を開いた。「婚約したんだって」

「どうしてこうなっちゃったの？　この街では男の人にちょっと目を向けただけで、婚約したってことになってしまうんだから」

クラークは体をまっすぐにして、カタカタ鳴りつづけるフロント・グラスをじっと睨んでいた。

「サリー・キャロル」と彼は真顔で訊ねた。「君は俺たちが嫌なのかい？」

「何ですって？」

「この街にいる俺たちをさ」

「よしてよ、クラーク。私、あなたたちみんなのこととても好きよ」

「じゃあ、なぜ北部《ヤンキー》ものとなんて婚約するんだ」

「それはわからないのよ、クラーク。この先どうなるかなんて私にもわかんない。でもね、私はいろんな土地に行きたいし、いろんな人にも会いたいの。精神的な成長だってしたい。ものごとが大きく動いていくような場所に住んでみたいの」

「もう少し具体的に言ってもらえないかな」

「クラーク、あなたのことを好きよ。ジョー、あなたのことだって、ベン・アロットだってみんな大好き。でもね、あなたたちはみんなつまり……」

「行きつく先はみんな落伍者ってわけかい？」

「そう。だけど私はお金持になるかどうかってことだけを問題にしてるわけじゃないの。私が嫌なのは……なんというか、無力感。それに物悲しさ。どう言えばわかってもらえるのかしら？」

「このタールトンの街に居る限りはってことかい？」

「そのとおりよ、クラーク。それにあなたはこの街が好きだし、変化だって求めちゃいない。ものを考えようとしないし、先に進もうともしない。そうでしょ？」

彼は頷いた。サリー・キャロルは手を伸ばして、そっと彼の手に重ねた。

「クラーク」と彼女は優しく言った。「あなたは何ものにもかえがたい人よ。今のままのあなたが素敵なの。あなたを駄目にしていくあなたの中の何かが、私はいつまでも好きよ。過去の中に生きつづけるところ、夜も昼もだらだらしているところ、それに無頓着さや鷹揚なところ、そういうものがね」

「でも君は行っちまうんだろう」

「ええ、どうしてもあなたと結婚することはできないんだもの。私の心の中にはあなたのためだけの場所があるし、他の誰もあなたのかわりをつとめることなんてできない。でもね、この街に縛りつけられることに私は我慢できないの。きっと自分が無駄にすり減っていくような気がしちゃうと思うの。私の中には二人の私が棲んでいるの。一人はあなたの好きなものぐさでけだるい私。だけどそれとは別に私の中には一種のエネルギーのようなものがあって、それが私を冒険へと駆りたてるの。そしてそちらの方の私が役立てるような場所がこの世界のどこかにあるかもしれない、そういう気がするの。もし私が年を取って綺麗じゃなくなったとしても、エネルギッシュな方の私はずっとそのままじゃないかしら」

彼女は生来の唐突さで突然話を打ち切り、ほっとため息をついた。

「ああ、気持良い！」

彼女は半ば目を閉じ、頭を傾けてシートの背もたれに休ませながら、心地良い風をまぶたに受け、ふわふわとした断髪の巻き毛をなびかせた。車は田舎道に入り、もつれた枝ぶりの鮮かな緑の低木や下草のあいだを、葉を繁らせた枝をはりだし、路面に好意に満ちた涼し気な影を落とす高い木々のあいだを素速く抜けていった。道のあちこちには黒人の住む崩れかけた小屋があった。白髪の老人はドアの脇でコーン・パイプをくゆらせ、五、六人の裸同然の子供たちは、玄関前に伸び放題に茂った草むらの中で、ぼろぼろになった人形を並べて遊んでいた。その彼方に遥かに広がるとうもろこし畑では、働く人々の姿さえもが太陽がこの地に貸し与えた不確かな影のように見える。彼らは労働するというより、光輝く九月の畑で古来の風習にのんびりと身を任せているかのようであった。そんな眠た気な一幅の絵の如き風景の中に、木々や小屋や濁った川の上に、熱気が流れていた。しかしそれは決して敵対的な熱さではなかった。幼な児たる大地に含ませる母親の巨大な乳房のように、偉大にして滋養に満ちた温かさであった。

「サリー・キャロル、ほら、ついたぜ」

「赤ちゃんみたいに寝ちゃってるわよ」

「おいおい、のんびりしすぎて死んじゃったのかい」

「おい、水だよ、サリー・キャロル。冷たい水に飛び込めるんだぜ」

サリー・キャロルは眠た気に目を開けた。

「やあ《ハーイ》」と彼女は微笑みながら呟いた。

II

十一月、ハリー・ベラミーが北部の都市からやってきた。四日間の滞在である。すらりと背が高くて肩幅の広い、きびきびとしたその青年の目的は、夏の盛りにノース・カロライナ州アッシュヴィルで二人が出会って以来くすぶっていた問題に区切りをつけることにあったのだが、静かな午後と夕暮の一刻《ひととき》を、燃えさかる暖炉の前で語り合うだけで話は決まった。ハリー・ベラミーは彼女の求めるものの全てを備えていたし、いずれにせよ彼女はハリーを愛していたのだ。彼女は誰かを愛するために大事にとっておいた部分で彼を愛した。サリー・キャロルには、かなりはっきりと区切られたいくつかの部分があった。

滞在の最後の日の午後、二人は肩を並べて散歩をした。彼女の足は知らず知らずにお気に入りの場所のひとつ、共同墓地へと向っていた。遠くから見る墓地は傾きかけた快活な太陽の下で、灰色がかった白と金色のまじった緑に彩られていた。サリー・キャロルは鉄扉の前で決めかねたように立ち止まった。

「あなたってげんをかつぐ性格《たち》？」

「げんをかつぐ？　いや、そんなことはない」

「じゃあ中に入りましょう。墓地へ来ると気がふさぐって人もいるけど、私は大好きよ」

　二人は門をくぐり、小径を歩んだ。小径の両脇にはまるで波打つ谷のように墓がどこまでも連なっている。一八五〇年代の墓は土ぼこりで灰色になり、黴もはえていた。七〇年代の墓石には花や壺の風変りな装飾が刻み込まれ、九〇年代のものはぞっとするくらいゴテゴテと飾りたてられている。丸々とした小天使《ケルビム》の像は石を枕に限りのない眠りを貪り、花崗岩で作られた名もなき花は、信じられぬような花弁を空に向けて広げている。供えものの花を手に墓前にひざまずいている人の姿も時折見うけられたが、ほとんどの墓を覆っているのは沈黙と献花のしおれた葉のみである。古い記憶が人の心に呼び起こすかすかな芳香のほかに、そこには何もなかった。

　二人はひとつの丘にのぼり、背の高い円形の墓標の前に立った。墓標には黒く湿ったしみがつき、蔦がその表面の半分以上を覆っていた。

「マージェリー・リー」と彼女は声に出して読んだ。「一八四四―一八七三。ねえ素敵じゃない？　彼女は二十九で死んだのよ。いとしいマージェリー・リー」と彼女はそっとつけ加えた。「ねえ、ハリー、彼女の姿が想像できて？」

「できるとも、サリー・キャロル」

彼は小さな手が自分の手の中に入ってくるのを感じた。

「彼女はきっと黒髪だったわね。その髪にはいつもリボンをつけて、淡い青《アリス・ブルー》と灰薔薇色《オールド・ローズ》のきらびやかなフープスカートをはいていたはず」

「そうだね」

「それは素敵な人だったのよ、ハリー！　太い柱のある広いポーチに立って、お客様を温かく迎えるような人。沢山の男たちが彼女のもとに還ることだけを考えて出征していったんじゃないかしら。でもおそらく誰ひとりとして還ってはこなかった」

彼は墓標に身をかがめて、結婚についての記述はないかと調べてみた。

「ここには何も書いていないな」

「そりゃあそうよ。『マージェリー・リー』という名前と、雄弁な日づけ。その他に何が必要だっていうの？」

彼女はそう言うと、ハリーの脇に寄り添った。その黄色い髪が頬に触れた時、一瞬ハリーの胸に熱いものがこみあげてきた。

「どうハリー、彼女の姿が見えるでしょう？」

「見えるよ」と彼は優しく同意した。「君の素敵な瞳の奥に彼女の姿が見える。今の君はとても綺麗だもの、彼女だってやはり綺麗な人だったに違いないね」

二人は何も言わずに肩を寄せ合った。彼女の肩の微かな震えをハリーは感じる。ゆるやかな風が丘の斜面を上り、彼女の帽子のひらひらした縁を揺らせた。

「あちらに行きましょう」

彼女は丘の向う側に広がる平地を指さした。そこには緑の芝生とともにくすんだ白塗りの十字架が、一個師団の叉銃のように整然と見渡す限り続いていた。

「南軍兵士のお墓よ」サリー・キャロルは素気なく言った。

二人は列に沿って歩きながら碑文を読んでいった。どの墓標にも姓名と生没年しか記されてはいない。ほとんど判読不能なものもあった。

「いちばん悲しいのは最後の列よ――ほら、あそこ。どの十字架に刻まれているのも没年と『無名戦士《アンノウン》』ということばだけ」

ハリーを見る彼女の目には涙が滲んでいた。

「私には何もかもがひしひしと感じられるの。わかっていただけるかしら？」

「君は美しい心を持った人だね」

「そうじゃない。私ではなく、美しいのは彼らの方。私が自分の中に根づかせようとしてきたあの古い時代の方よ。あそこに眠っているのは『無名戦士《アンノウン》』という名のもとに葬られた、まさに名前を持たない、重要とは言えない人々。でも彼らはみんなこの世で最も美しいもののために……死せる南部のために戦ったのよ」語りつづける彼女の声はかすれ、瞳には涙が光った。「人々はいろんなものにそのような夢を托しているし、私もまたそんな夢とともに育ってきたのよ。それはとても良い心持ちだった。だってとっくに滅びてしまった夢だし、だから幻滅しようもないんだもの。私はいわば貴族階級の過去の生き方をなぞろうと努めてきたの。まだここにはそんな名残りが少しはあるのよ。荒れ果てていく広い庭に咲いた薔薇の花のようにね。今でもそんな時代遅れの高雅さや騎士道精神を身につけている男の子たちも少しはいるし、隣りに住んでいた旧南軍の軍人や、黒人の年寄りたちから、子供のころそうした話をさんざん聞かされたわ。ああハリー、ここには何かが、何かがあったのよ！　あなたにはうまく理解してもらえないかもしれないけれど、ここには確かに何かがあったのよ」

「それはわかっているよ」ハリーは彼女を支持するように言った。

サリー・キャロルは微笑み、彼の胸ポケットからのぞいていたハンカチーフの先で涙を拭いた。

「気にしないでね。泣いたとしても、私はここに居るのが好きだし、それなりに力づけられもするのよ」

二人は手を取り合ってゆっくりと道をひき返した。柔かな草の茂った場所を見つけると彼女はハリーの手を引いて並んで腰を下ろし、崩れかけた低い壁に背中をもたせかけた。

「あの三人のおばあさんたちがどこかに行っちゃってくれればいいんだけれど」と彼は不服げに言った。「キスしたいんだ、サリー・キャロル」

「私もよ」

墓前にかがみこんでいた三つの人影が遠ざかるのを最後まで見届けてから、二人は唇を寄せ合った。彼女の目の中でやがて空がぼんやりとかすみ、永遠という一刻の中に微笑みも涙も吸い込まれて消えていった。

その少しあと、たそがれが昼の最後の光を相手に、眠た気な白と黒のチェッカー・ゲームを地面にくり広げている街角を、二人はのんびりと家まで歩いた。

「一月の中頃にはうちにおいで」と彼は言った。「そして少くともひと月くらいは滞在してほしいな。きっと素晴しい旅になるよ。ちょうどウィンター・カーニヴァルが催されるんだ。本当の雪を見たことがないんだとしたら、お伽の国に紛れ込んだような気がするはずだよ。スケートやスキー、トボガン、橇遊び。かんじき《スノー・シューズ》を履いて参加する松明行列。何年振りかの催しだから、きっと盛大なものになるよ」

「ねえハリー、私凍えちゃうんじゃないかしら？」彼女は突然そう訊ねた。

「大丈夫さ。鼻がひやっとするくらいだ。すぐに慣れる。じめじめしたところのないキリッとした寒さだからね」

「私は自分が夏の申し子《サマー・チャイルド》のような気がするのよ。寒さが好きになったことなんて一度もなかったもの」

彼女がそう言ったあと、二人のあいだに短い沈黙が下りた。

「サリー・キャロル」彼はゆっくりとそう言った。「日取りはどう――三月で」

「あなたを愛している、というのが私の返事」

「三月でいいんだね」

「三月でいいわ、ハリー」

III

寝台車《プルマン》はひと晩じゅうひどく冷えた。彼女はベルを鳴らしてポーターを呼び、毛布をもう一枚頼んではみたが、予備の毛布は無かった。しかたなく寝台の隅に身を縮め、上掛けを二つ折りにしてみたものの、効果はなかった。晴れやかな顔で朝を迎えるために、数時間でも眠っておきたかったのだけれど。

朝の六時にベッドから出ると、ぎこちなく服の中に身体を押し込み、コーヒーを飲もうとよろけながら食堂車まで歩いた。連結部に吹き込んだ雪が床に凍りついて、足がつるつると滑る。寒さはいたるところにこっそりしのび込んでいた。吐く息はくっきりと白く、彼女は宙にむけて息を吐いては子供のように楽しんだ。食堂車に腰を下ろし、窓の外の風景を眺める。純白の丘、純白の谷、まばらに茂る松の枝のひとつとつが、冷ややかな雪の御馳走を盛りつける緑の皿に見える。人里離れて建った農家が時折目についた。白い荒野の中の農家は、醜くうらぶれて孤独だった。それらが背後に飛び去っていくのを目にするたびに彼女は、中に閉じ込められて春の到来を待つ人々に思いを馳せ、寒気を伴う同情をふと覚えた。

食堂車を出て車両の揺れによろめきつつ寝台車《プルマン》に戻ると、身のうちに突然湧きおこる活力を感じた。これがハリーの言っていた張りつめた大気というものなのかしら、と彼女は思った。これが北の土地なんだ。北部――私の新しい土地！

吹けよ風、ハイホー
彷徨《さすら》いゆく、この私

彼女は晴れ晴れとした気分でそう口ずさんでみた。

「何かおっしゃいました？」とポーターが丁重に訊ねる。

「私を吹き飛ばして、と言ったのよ」

蜒々《えんえん》と続く電信線の数が二倍になり、線路に沿って走っていた二本の線路が三本になり、四本になった。屋根に白い雪をかぶった人家も連なるようになり、窓を霜で曇らせたトロリー・カーの姿も見え始めた。通りの数も増えていく。都市《まち》だ。

毛皮に包まれた三つの人影が彼女の方にやってくるまで、彼女は凍てついたプラットフォームに少しのあいだぼんやりとつっ立っていた。

「あそこにいるわ！」

「やあ、サリー・キャロル！」

サリー・キャロルは足元に鞄を落とした。

「こんちは《ハーイ》」

かすかに見覚えのある顔が彼女に口づけした。氷のように冷たい。つづいて口からもくもくと大きな雲を吐き出すように見える一群が彼女を取り囲んだ。そして握手が続く。まずゴードン、小柄だが精力的な三十歳の男で、素人がこしらえたハリーの粗雑な原型みたいに見える。その妻のマイラは物憂げな感じのする女で、毛皮の自動車帽《オートモビール・キャップ》の下から亜麻色の髪をのぞかせている。北欧系の人かな、サリー・キャロルは一目見た時にぼんやりそう思った。快活な運転手が彼女の鞄を持ち、切れ切れな文句や感嘆のことばや、マイラの物憂げな「あなた《マイ・ディア》」が跳弾のように飛び交う中を、一行は互いにせきたてるようにプラットフォームを抜けていった。

一行の乗ったセダンは曲りくねった通りから通りへと走りつづけた。雪に覆われた路上ではたくさんの小さな男の子たちが、食料品店の荷馬車や自動車の後に繋いだ橇に乗って遊んでいた。

「まあ」とサリー・キャロルは声を上げた。「私もあれがやってみたいわ、ハリー。ねえ、いいでしょ？」

「あれは子供の遊びさ。それよりも――」

「とても楽しそうなのに」と残念そうに彼女は言った。ベラミー邸は白い雪のふところに建ったとりとめのない形の木造家屋だった。灰色の髪の大柄な男（感じの良い人だ、と彼女は思う）と、卵のような婦人が彼女を迎えた。ハリーの両親である。母親はサリー・キャロルにキスをした。そしてみんながてんでんばらばらに半端なことをしゃべったり、熱い湯が出たり、ベーコン・エッグが出てきたり、何やかやわけのわからぬままに混乱の一時間が過ぎていった。書斎でやっと二人きりになれた時、煙草を吸ってもかまわないかしら、と彼女はハリーに訊ねた。

　書斎は広く、暖炉の上には聖母の絵がかかっている。そして濃淡の金色やつやのある赤の表紙で装丁された本が何列もぎっしりと並んでいた。それぞれの椅子の頭をもたせかけるところにはレース編みの布がつけられているし、ソファの座り心地も悪くはない。本も（少なくともあるものは）実際に手にとられたようだ。サリー・キャロルはふと自分の家の古くてみすぼらしい書斎を思った。父親の厚い医学書、三人の大伯父たちの油絵の肖像画、四十五年間もなおしなおし使われてきたのにいまだにほんのりとした気分にさせてくれる寝椅子。それに比べてベラミー家の書斎はとくに魅力的なものでもないし、とくにうんざりするものでもない。結局のところそれは、しかるべく金をかけて調度がひととおり誂えられ、せいぜい十五年ばかり使い込まれた普通どおりの部屋にすぎなかった。

「どうだい、ここの感想は？」ハリーはせっつくようにそう訊ねた。「びっくりした？それとも期待どおりのものだった？」

「私が期待してたのはあなたよ、ハリー」彼女はそっとそう言って彼の方に両腕をさしのべた。

しかし短い口づけのあとで、ハリーはなんとか彼女の口から感動のことばを引き出そうとした。

「僕の言ってるのはこの街のことさ。気に入ってくれた？ ここの空気にはピリッとしたものがあるだろう、どうだい？」

「まあ待ってよ、ハリー」彼女はそう言って笑った。「もう少し時間を下さらなくちゃ。あなたったら質問攻めなんですもの」

そう言うと、彼女は満足げなため息とともに煙草の煙を吐き出した。

「ひとつだけ君にお願いがあるんだ」と彼はなんとなく弁解がましく切り出した。「つまりね、君たち南部人は家柄みたいなことを重視する。……もちろんそれがいけないってわけじゃない。ただここでは少し事情が違うんだ。だからね、サリー・キャロル、最初のうち君の目にはいろんなものごとがいささか粗野に映ることだろう。しかしわかってもらいたいのは、この街はまだ創設以来三代しか経ていないっていう事実なんだ。人々はみんな父親の代からここに住んではいるけれど、祖父の代からとなると半分くらいのものだ。それより先に遡ることはできない」

「そりゃそうね」と彼女は口ごもった。

「僕らの祖父がこの街を築いたわけだが、そんな開拓の時代には多くの人たちがそれほど上等とは言えない仕事に携わらなくちゃならなかった。例えばこの街で現在模範的な住民のような役割を演じている女性がいるんだけれど、彼女の父親はこの街最初の公設ごみ清掃人だった。……というようなことさ」

「あら」とサリー・キャロルは面喰って言った。「私がみんなについて何か批判がましいことを口にするんじゃないかって心配しているわけ？」

「そうじゃないよ」とハリーは慌てて言った。「誰かの弁護をしているわけでもない。ただ、その、去年の夏に南部から一人の娘さんがこの街にやってきてね、少々具合の悪いことを口にしたというわけさ。それで……まあ、ひとこと断わっておいた方がいいんじゃないかと思って」

サリー・キャロルは突然身のうちに怒りがこみあげてくるのを感じた。いわれのない理由で折檻を受けたような気持だった。しかしハリーの方はこの話はこれでもう終ったといわんばかりに熱っぽく別の話を始めていた。

「ちょうどカーニヴァルの時期なんだ。なにしろ十年振りのことだからね。今作りかけの氷の宮殿だって一八八五年以来のものなんだよ。手に入れられる限りのいちばん透明な氷を集めて作るんだけど、これが実に大がかりなんだ」

彼女は立ち上がって窓際に寄ると、重いトルコ・カーテンを押し開くようにして外を眺めた。

「あら」と彼女は突然叫んだ、「子供が二人で雪だるまを作っているわ！　ねえハリー、出てって手伝っちゃいけない？」

「嘘だろう！　こちらにきてキスでもしてくれよ」

彼女は気のりせぬまま窓際を離れた。

「ここの気候はあまり魅力的とは言えないようね。だからみんなのんびりしようという気が起きないのかしら？」

「そのようだね。君がここに滞在する最初の一週間だけ休暇を取った。今夜だってディナー・ダンスの集まりがある」

「ねえ、ハリー」彼女は打ちあけるようにそう言うと、半分は彼の膝の上に、半分はピローの上にいきおいよく腰を下ろした。「私、何がなんだか皆目わからないの。そんなパーティーが好きになれるかどうかだってよくわからない。私にいったいどんなことが求められているのかも。ねえ、どうすればいいのかしら?」

「教えてあげるよ」彼は優しくそう言った。「ここに来られて嬉しいって、君がひとこと言ってくれさえすればね」

「嬉しいなんてものじゃないわ」彼女はなまめかしく彼の腕の中に身体をすべり込ませながらそう囁いた。「あなたと一緒にいられるところが私の故郷よ、ハリー」

彼女はそう口にしながら、自分が演技をしていることにふと思いあたった。それは生まれてからほとんど味わったことのない感情だった。

その夜のロウソクの光きらめくディナー・パーティーでも、ハリーが左隣りにいたにもかかわらず、彼女はいっこうに寛げなかった。そこでは男たちがほとんど会話を独占し、女たちは高価な衣裳に身を包んで、つんと澄まして座っているだけだった。

「どうだい、整った顔立ちの人たちだろう?」と彼は押しつけがましく言った。「ちょっと見まわしてごらん。あれがスパッド・ハバード、去年のプリンストンのタックルさ。それにジュニー・モートン、彼とその隣りの赤毛の男はどちらもイェールのホッケー・チームのキャプテンをやっていた。僕もジュニーとは同じクラスだったんだ。

いいかい、世界でも指折りのスポーツマンがこの近辺の州から生まれるんだよ、ここはまさに男たちの場所なんだ。ほら、ジョン・J・フィシュバーンがいる」

「何をする人なの？」サリー・キャロルは無邪気に質問した。

「知らないのかい？」

「名前は聞いたことあるけど」

「北西部一の小麦王でね、全国有数の金融業者でもある」

右手から誰かに話しかけられたので、彼女はさっとそちらを向いた。

「みんなは私たちの紹介を忘れてしまったらしいね。私はロジャー・パットン」

「サリー・キャロル・ハッパーです」彼女は上品にそう言った。

「知っているよ。あなたが来ることはハリーから聞いていたから」

「ハリーの御親戚の方ですか？」

「いや、教授だよ」

「あら」と言って彼女は笑った。

「大学のね。ところで南部から来たそうだね」

「ええ、ジョージア州タールトンです」

この人物には一目で好意を抱くことができた。赤茶色の口髭と淡いブルーの瞳。その瞳の奥に、彼女はここにいる他の人々には見られなかったものを認めることができた。それは受容するあたたかみのようなものだった。食事の席で二言三言ことばを交わしたあとで、この人とまたゆっくり話し合ってみなくちゃ、と彼女は思った。

コーヒーが下げられると、彼女は数多くのハンサムな青年たちに紹介された。彼らの踊り方には一分のすきもなく、話といえばハリーのことばかりだった。まるで彼女がハリー以外の話題には興味など持たないだろうと頭から決めてかかっているかのようである。

「やれやれ」と彼女は思った。「私が婚約しているというだけでもうおばさん扱いなんだから。余計なことを言ったらお母さんに言いつけられるとでもこの人たちは思ってるのかしら」

南部では婚約中の娘でも、いや若い人妻だって、社交界入りしたばかりの娘と同じくらい男からちやほやされたり、ちょっかいを出されたりする。しかしこの土地ではそういった行為は禁じられているようだった。一人の若者はサリー・キャロルの瞳を賞め、僕はあなたがこの部屋に入ってきて以来ずっとあなたの瞳に首ったけなんですよ、となかなか調子よく切り出してきたのだが、彼女がベラミー家の客であり、しかもハリーの婚約者であると聞かされた時には動転してしまったようだった。彼は何かきわどい、申し開きのできぬ無礼を働いてしまったといった様子で急にしゃちほこばり、頃合を見はからってあたふたとどこかに行ってしまった。

そんなわけでロジャー・パットンが割り込むようにやってきて、二人であっちに行って少し話でもしようと言った時には彼女は内心ホッとしたものだった。

「さてさて」と彼は楽し気に目をしばたたかせながら彼女に質問した。「南部美人《カルメン》の御機嫌はいかがかね？」

「とても結構ですわ。ところでデンジャラス・ダン・マグルーの御機嫌はいかが？　御免なさい、でも私、北部の人ってほかによく知らないものだから」

彼はその言いまわしが気に入ったようだった。

「もちろん私は」と彼はそっと打ちあけた。「文学部教授としての立場上、デンジャラス・ダン・マグルーの本など読んではいないことになっているがね」

「お生まれはこちらですの？」

「いや、フィラデルフィアの生まれさ。フランス語の教師としてハーヴァードから当地に送られたんだ。移って来てもう十年にもなるが」

「じゃあ私より九年と三六四日も長くいらっしゃることになりますわ」

「ここは気に入ったかね？」

「ええ、そりゃもちろん」

「本当かい？」

「本当ですよ。楽しんでいないように見えまして」

「さっき君は窓の外を眺めて、身震いしていたみたいだが」

「ちょっと想像していただけなんです」サリー・キャロルは笑った。「私は窓の外に何ひとつ動くものもないって生活に慣れているでしょ？　でもここでは時々外を見ると雪がちらちらと舞っていて、まるで死んだものがうごめいているような気がするものだから」

なるほどと教授は納得した。

「これまで北部に来たことはなかったのかね？」

「北《ノース》といえばノース・カロライナ州アッシュヴィルで七月を二度すごしたくらいですわ」

「どうだい、みんな顔だちが整っているだろう？」パットンはにぎやかなダンス・フロアを指さしてそう言った。

サリー・キャロルははっとした。ハリーが口にしたのと同じ文句だわ。

「そうですわね。あの人たちは……犬科だから」

「なんだって？」

彼女は顔を赤らめた。

「ごめんなさい。別だん悪気があるわけじゃないんです。私はただいつも男女にかかわりなく人を犬科と猫科に分けちゃう癖がついているものだから」

「君はどちらなんだね」

「私は猫科、先生もそうですわ。南部の男もここの女の子たちも大抵猫科です」

「ハリーは？」

「ハリーはどう見ても犬科。今夜お会いした男の方たちもみんな犬科みたい」

「犬科というのはどういったことを意味するのかな？　繊細さの対極としての男性性といったところかな」

「そうだと思います。そんな風に分析したことはないけど。私はただ誰かに会うたびに、一目で犬科と猫科に分けてしまうんです。すごく馬鹿げたことだとは思うんだけど」

「そんなことはないさ。なかなか面白いよ。私もここの人々についてはひとつの説を立てていたことがある。彼らは氷結されているってね」

「なんですって？」

「連中はまるでスウェーデン人のような育ち方をしている。イプセン風とでもいうかな、知らず知らずのうちに心が暗くなり、メランコリックになっていくんだ。長い冬のせいさ。イプセンを読んだことは？」

彼女は首を横に振った。

「読めばわかるが、イプセンの小説の登場人物には陰鬱な厳格さが見受けられる。彼らは実直で、狭量で、快活さに欠ける。そして深い悲しみや大きな喜びなど彼らには無縁のものなのさ」

「微笑みもなく涙もなくってことかしら？」

「そのとおり。これが私の説だ。実際ここには何千ものスウェーデン人が住んでいる。連中はここの気候が故郷にそっくりなものでやってきたんだと思うね。そして少しずつ血が混じり合っていった。今夜この席にはスウェーデン系の人はおそらく半ダースも来てはおらんだろうが、この州のこれまでの知事のうち、四人はスウェーデン系だった。私の話は退屈じゃないかね？」

「すごく興味深いわ」

「この先、君のお姉さんになる人も半分スウェーデン人だ。個人的には私は彼女が好きだが、全体として見ればスウェーデンの血は我々に好ましからざる影響をもたらしているというのが私の説だ。なにしろ、北欧人の自殺率は世界一だからね」

「そんなにうんざりしながら、何故ずっとここにお住まいなんですか？」

「とくに苦痛でもないからさ。私は引きこもった生活を送っているし、もともと人間よりは本を友としているからね」

「でも作家はみんな南の国を悲劇の土地として描きますわよ。ほら、スペインのセニョリータとか黒髪とか短剣とか悩ましい音楽とか」

彼は首を振った。

「いやいや、北方民族こそが悲劇的な人種なのさ。彼らは心地よく流れる涙の味というものを知らんのだ」

サリー・キャロルは例の墓地のことを思った。私にとって墓地は決して暗い場所ではないと言った時、私は漠然とではあるけれど同じことを言おうとしていたのかしら。

「イタリア人はおそらく世界で最も陽気な人種だ。……いや、つまらん話はもう止そう」彼はそこで話を打ち切った。「とにかく君が結婚しようとしている相手はなかなか立派な男だよ」

彼女は突然心を打ちあけてみたいという衝動に駆られた。

「よくわかっています。私はあるポイントを越えてしまうと、あとは誰かに何もかも任せてしまいたいと思うタイプの人間なんです。それもしっかりと身を任せることになるでしょうね」

「私と踊ってはくれないかね？」一緒に席を立ちながら教授は言った。「ところで、自分がいったい何のために結婚するかをきちんとわきまえている娘さんを見ると実に心強い。その九割がたは、まるで映画セットの作りものの夕焼けに向って歩いていくような具合だからね」

彼女は噴き出した。そして彼が一層好きになった。

二時間後、彼女は家に向う車の中でハリーにぴったりと寄り添っていた。

「ねえ、ハリー」と彼女は囁いた。「すごおく寒い」

「車の中は暖かじゃないか」

「でも外は寒いわ。ほら、風がうなってる」

彼女はハリーの毛皮のコートに顔を埋めたが、耳の上に彼の冷ややかな唇が触れたとき、思わず身震いをしてしまった。

Ⅳ

滞在の最初の一週間はめまぐるしく過ぎ去っていった。彼女は一月の夕暮の、肌を刺す寒さの中で、自動車の後につながれたトボガン遊びをしてみたいという念願を果すことができた。ある朝には毛皮をごっそりと着こみ、カントリークラブの斜面で橇を滑らせた。スキーにも挑戦してみた。しかし風を切るような輝かしい一瞬の滑走の後には、笑い声を上げながら、もつれた体を柔かな吹きだまりの中につっ込ませていた。薄ぼやけた太陽の下、ぎらぎらと光る雪原を蜒々とぺたぺた歩くかんじき遊びは苦手だが、それ以外のウィンター・スポーツはすっかり気に入ってしまった。もっとも、それらがみんな子供向けの遊びであることに気づくまでにたいした時間はかからなかった。みんなにていよくあやされていたわけで、彼女を取りまいていた楽しさは結局のところ自らが発散する喜びの投影にすぎなかったのだ。

最初のうち、ベラミー家の人々は彼女を戸惑わせた。男たちの信頼できそうな人柄には好感が持てた。とくに鉄灰色の髪とエネルギッシュな威厳を備えた父親のベラミーには心を強くひかれたし、彼がケンタッキー生まれだとわかった時には、彼こそが私のこれまでの人生とこれからの人生を結びつけてくれる人だと考えたものだった。しかし女たちに対しては受け入れがたいものをはっきりと感じることになった。なかでも義理の姉となるはずのマイラは、彼女の目には空しい因習の化身と映った。彼女の話すことには個性のかけらもなく、サリー・キャロルはそれがどうしても我慢できなかった。女なら誰でもある程度の魅力と自信を持っているのが当り前と考えられている南部に育ったサリー・キャロルは、そんなマイラを軽蔑せずにはいられなかった。「もしこの人たちから美しさを取ってしまったら」と彼女は思う、「あとには何ひとつ残らないだろう。目を向けたとたんに彼女たちの姿はかすんで消えてしまう。結局は見映えの良いメイドでしかない。男と女が顔をあわせるところ、どこでも男が中心なんだもの」

そしてベラミー夫人。サリー・キャロルはこの母親もどうしても好きになれなかった。まるで卵みたい、という最初の印象は彼女の中でますます強まっていった。ひび割れしたような声の卵。あまりにも不格好でずんぐりとしているので、もしこの人が倒れたらきっとスクランブル・エッグになっちゃうだろうな、とサリー・キャロルは思ったほどだった。それに加えて、ベラミー夫人はよそものに対する冷ややかさという街の姿勢を具現しているみたいだ。彼女はサリー・キャロルのことを「サリー」と呼んだ。そしてサリー・キャロルがどれだけ説得したところで、ダブル・ネームは間のびして馬鹿げた呼び名以外の何ものでもないという意見を頑として変えなかった。サリー・キャロルにとっては、縮められた名前で呼ばれるのは公衆の面前に半裸の姿をさらされるようなものだった。「サリー・キャロル」という名前を彼女は愛していたし、「サリー」と呼ばれるとぞっとした。彼女はまたハリーの母親が自分の断髪を心よからず思っていることも承知していた。そして最初の日にベラミー夫人がわざとらしく大仰に匂いを嗅ぎながら書斎に入ってくるのを目にしてからは、階下ではもう煙草を吸わないことにした。

彼女のお気に入りのロジャー・パットンはしばしばベラミー家を訪れた。彼はこの街の住民たちの中のイプセン的傾向について二度と言及はしなかったけれど、ある日彼女がソファーで前かがみになって『ペール・ギュント』に読み耽っているのを見かけた時には笑い出し、そしてあの時私が口にしたことはそっくり忘れてしまいなさい、みんなたわごとなんだから、と言った。

滞在も二週目を迎えたある日の午後、彼女とハリーは深刻ないさかいの瀬戸際まで行った。その直接の原因はよれよれのズボンをはいた一人の見知らぬ男だったが、口論を始めた責任はハリーの方にあると彼女は思った。

二人は道の両脇に高く積みあげられた雪の土手のあいだを家に向って歩いていた。太陽はわずかに顔を出してはいたが、サリー・キャロルにはそんなものが太陽だとはとても思えなかった。二人は途中で、灰色のセーターをぶくぶくに着こみ、ぬいぐるみの熊そっくりに見える小さな女の子とすれ違った。サリー・キャロルは母性的な愛情がほとばしり出るのを抑えることができなかった。

「ほら見て、ハリー！」

「なんだい」

「あの女の子。あの子の顔を見た？」

「見たよ。それがどうかしたのかい？」

「小さな苺みたいに赤いわ。なんて可愛いんでしょう！」

「おいおい、君のほっぺただってもう同じくらい赤いんだぜ。ここにいればみんな健康になるんだ。子供だって歩けるようになると待ちかねたように寒い戸外にとびだしていく。まったく素晴しい気候だよ！」

彼女はハリーの顔に目をやり、確かにそのとおりだと認めぬわけにはいかなかった。兄弟そろって実に健康そのものだ。またサリー・キャロルにしたところでその朝鏡を見て、自分の頬に赤味がさしはじめていることに気づいたばかりだった。

突然二人の目は行く手の街角の光景に一瞬釘づけにされてしまった。一人の男がそこに膝を曲げて立ち、寒空に向って今にも跳び上がろうかといった思いつめた表情でじっと頭上を見上げていたからだ。近寄ってみると、一瞬かがんでいると見えたのは男のはいただぶだぶのズボンのせいだった。二人はこの滑稽な小さな思い違いに吹き出さずにはいられなかった。

「どうもいっぱいくわされたようね」と彼女は笑いながら言った。

「あのズボンの様子じゃ、きっと南部人だな」ハリーは悪戯っぽくそう言った。

「何よそれ、ハリー？」

彼女の驚いた表情がおそらく彼を苛立たせたのだろう。

「まったく南部人ときた日には」

サリー・キャロルの目が鋭く光った。

「そんな言い方はしないで」

「ごめんよ、悪かった」とハリーはいちおう謝ったが、本心からではなかった。「しかし僕が連中のことをどう考えているかはわかるだろう。彼らは言うなれば一種の退化状態にある。古き良き南部人とは別ものになってしまっている。余りに長いあいだ黒人たちと一緒にいたもんで、怠け癖がついてすっかり骨抜きにされてしまったのさ」

「いいかげんにしてよ、ハリー」彼女は怒りの声を上げた。「そんなにひどくはないわ。確かに怠けものかもしれない。あんな気候なんだもの、誰だってそうなってしまうわ。だけど彼らは私の大事な友だちなのよ。十把ひとからげにあっさりと批評されたくはないわ。彼らのうちの何人かはどこに出しても恥かしくない立派な人たちよ」

「そりゃわかってる、悪かないよ、北部の大学にくるような連中について言えばね。しかし僕がこれまでに目にしてきた下劣で、身なりがだらしなく、自堕落なやからのうちでもとくにひどいのは南部の田舎町の奴らだったね」

サリー・キャロルは手袋をはめた手をぎゅっと握りしめ、怒りに震えつつ唇を噛みしめた。

「そういえば」とハリーは語りつづけた、「イェールの僕のクラスにも南部出身の男がいてね、ああとうとう本物の南部貴族にお目にかかれたなって僕らは思ってたわけさ。でも実際にはぜんぜん貴族なんかじゃなかった。父親はただのカーペット・バガー〔南北戦争の直後に一旗揚げようと南部に移住した北部人〕だったのさ。モービル近辺の綿花を一手に握っていたということだが」

「南部の人たちは今のあなたのようなものの言い方はしないわ」と彼女は感情を抑え

た声で言った。

「エネルギーが欠けているんだよ」

「それとも別の何かが欠けているのかもね」

「すまない、サリー・キャロル。でも君だって南部の男とは結婚したくないって言ってたじゃないか?」

「それはまた別の問題よ。私はただ、現実にタールトンにいるどの男にも私の人生を縛りつけられたくはないって言っただけ。そんな風に十把ひとからげにした覚えはないわ」

二人は押し黙って歩きつづけた。

「どうも言いすぎちまったようだな。悪かった、サリー・キャロル」

彼女は頷きはしたが、口は固く閉ざしたままだった。五分後にベラミー家の玄関についた時、彼女はハリーに突然しがみついた。

「ああ、ハリー」と彼女は叫んだ。瞳には涙の粒が光っていた。「来週には結婚しましょう。こんなつまらないごたごたはもう嫌。お願い、ハリー。結婚すればもうこんなこともないはずよ」

しかしハリーは自分が誤りを犯したことにまだ苛立っていた。

「馬鹿なことを言うんじゃない。三月って二人で決めたじゃないか」

サリー・キャロルの目から涙が消え、表情が僅かにこわばった。

「よくわかったわ。こんなこと言うべきじゃなかったのね」

ハリーの表情が和らいだ。

「まったく可愛いおばかさんだね」と彼は叫んだ。「さあキスして何もかも忘れてしまおう」

その夜、ボードビル劇場がはねる時、オーケストラが「ディキシー」を演奏した。サリー・キャロルは昼間味わった涙や微笑よりずっと強く、ずっと息の長い何かが身のうちに湧き上がってくるのを感じた。彼女は椅子の上で体を前に傾け、頬に赤味がさすまで肘かけを強く握りしめていた。

「気に入ったかい？」とハリーが耳もとで囁いた。

しかしその声は耳に届かなかった。きびきびとしたヴァイオリンの響きとケトル・ドラムの高鳴る拍子にあわせて、彼女の中をいにしえの亡霊たちが行進した。亡霊たちは彼女を通り過ぎ、暗闇の中へと歩んでいった。そして横笛《ファイフ》がやさしい小さな音で繰り返しを奏するとき、彼らの姿は薄らいで消えていった。彼女はその後姿に向けて手を振りそうになった。

遥かなり、遥かなり、
　南の地《くに》、ディキシー
遥かなり、遥かなり、
　南の地《くに》、ディキシー

V

ことのほか寒い夜だった。前日には突然の雪どけで通りの地肌も見え始めていたというのに、今ではさらさらの雪が風の吹くまま波形の線を描きつつ、白粉《はくふん》の幽霊となって路上を再びさまよい、地上近くの大気は氷結した細かな霧をふんだんに含んでいた。空は消え失せ、街の頭上を暗く陰鬱な一枚のテントが覆っていた。雪の大軍がすぐそこに押し寄せていたのだ。そのあいだにも北風は茶色や緑色のあかりのともった窓から暖かみを奪い取り、橇を引く馬の規則正しい蹄の音を押し殺し、間断なく通りを吹き渡っていた。まったく気の滅入る街だ、と彼女は思う。陰気そのものだ。

夜の闇の中で、時折街にひとり置き去りにされたような気がすることがあった。

人々はみんなずっと昔にこの街を捨てたのだ。窓に灯をともしたまま、みぞれが家並を埋め葬るがままにまかせたのだ。ああ、私が眠るお墓にも雪が降り積るのだろうか。長い冬のあいだ厚い雪に覆われた私の墓標は、淡い影を背景としたもうひとつの淡い影のように見えることだろう。私のお墓は花につつまれ、日光を浴び、雨に洗われたものでなくてはならないのに。

列車の窓から見かけた荒野の一軒家と、そこで長い冬を送りつづける人々のことを彼女は思い出した。窓から間断なくさし込む眩しい照りかえし、柔かな雪の吹きだまりのかさぶたのように硬直した表面、ロジャー・パットンがいつか教えてくれたように、じわじわとやってくるわびしい雪どけ、そして冷気の抜けない春。ライフックの花と、心を揺さぶるけだるい甘さをたたえた私の春が、今こうして永遠に喪われようとしている。そしていつか私は甘美さそのものをも手放してしまうに違いない。

吹雪は次第にその強さを増しながら吹き荒れていた。サリー・キャロルはまつ毛の上で雪片の膜がすばやく溶けていくのを感じた。毛皮に包まれたハリーの腕が伸びて、ややこしいフランネルの帽子を下におろしてくれる。細かい雪が散兵線を展開し、馬は一時的に白い透明な膜が体にかかったみたいに、我慢強く首をかがめた。

「寒そうね、ハリー」と彼女は早口で言った。

「ああ、馬のこと？　なら大丈夫さ。こいつらは寒いのが好きなんだ」

なおも十分ばかり進んで角をひとつ曲ると、目的地が見えた。輪郭を鮮かな眩しい緑にいろどられた高い丘の上に、冬空を背景に氷の宮殿がそびえていた。地上三階建ての宮殿には胸壁と狭間が設けられ、狭い窓にはつららが下がっている。そして無数の電球が内側から中央の大広間を華麗に透きとおらせていた。サリー・キャロルは毛皮のひざ掛けの下でハリーの手をぎゅっと握りしめた。

「美しい！」とハリーは感極まったように叫んだ。「まったく、なんて美しいんだろう！　こんなのは一八八五年以来初めてのことだよ」

一八八五年以来初めてということばが、なぜか彼女の心に重くのしかかった。氷は幽霊。そして氷の館に棲むのは雪まみれの髪を乱した、一八八〇年代の青ざめた亡者たちに違いない。

「さあ行こう」とハリーが言った。

彼女はハリーのあとから橇を下り、彼が馬を繋ぐのを待っていた。ゴードン、マイラ、ロジャー・パットン、そしてどこかの女の子という四人連れが鈴をじゃらじゃらと鳴らしながらやってきて、橇を脇につけた。既に集っていたかなりの数の見物人は毛皮やシープスキンのコートにくるまり、大声で互いの名を呼び合いながら雪の中を進んでいた。雪は今や数メートル先も定かに見えぬほどに激しく降りしきっていた。「高さが五十メートル以上もあるんだ」入口に向ってとぼとぼと歩きながらハリーは着ぶくれした隣りの人影に向ってそう語りかけた。「敷地の広さは五百六十平方メートル」

彼女はそのことばのはしばしを耳にはさんだ。「大広間がひとつ」……「壁の厚みは五十センチから一メートル」……「氷の洞窟にはほとんど一キロ半もの」……「これを作り上げたやつはカナダ人で」……。

彼らはやっと内部に入った。そしてサリー・キャロルは巨大な水晶の壁の魔力に目をくらませながら、コールリッジの『クブラ・カーン』の一節を何度も繰り返し口ずさまずにはいられなかった。

これぞ類い稀なる造化の妙、
氷の洞に作りたる
陽光充ちたる歓楽宮

光輝く壮大な洞窟からは闇がきれいに一掃されていた。木のベンチに腰を下ろすと、夕刻に感じた圧迫感はもうなくなっていた。たしかにハリーの言ったとおりだ――実に美しい。彼女の視線は壁の滑らかな表面をさまよう。このようなオパール色の透明感を出すために、まじりけのない澄んだ氷のブロックが集められたんだわ。

「ほらほら、始まるぞ――やあ、すごい！」ハリーがそう叫んだ。

反対側の隅に陣取っていた楽隊が「ヘイル・ヘイル・ザ・ギャング・イズ・オール・ヒア」を奏し始めたが、その音が混然とこだましして、はねかえってきたところで突然あかりが消えた。沈黙が氷の壁を流れ落ち、あたりを覆ってしまったみたいだった。それでも白い息が闇の中に浮かぶのが見えた。そして、向い側におぼろげな列をなして並んだ青白い顔を目にすることもできた。

音楽が不平のため息のようになって消えると、広間の外から行進隊が歌う朗々とした詠唱が聞こえてきた。その歌声は古えの荒野を進みゆくヴァイキングの部族の讃歌のように徐々に大きくなり、ひときわ高まった。すぐ近くまで来ているんだわ、と思ったその時、松明が一列また一列と姿を現わし、グレーのマキノーコートに身を包み、肩にかんじきを吊した長い縦隊がモカシン靴で歩調を取りながらいきおいよく進み入ってきた。巨大な壁に沿って響きわたる彼らの歌声にあわせるように、松明の火も燃え上がり、またゆらめいた。

灰色の隊列が広間に入り終えると、別の隊列がそれに続いた。こんどの一隊は赤いトボガン帽に燃え立つような深紅のマキノーコートというでたちで、その色合いに松明の灯がひときわ強く照り映えていた。彼らは部屋に入ると反復句を歌う役にまわった。そのあとには青と白の、緑の、白の、そして茶と黄の長い隊列が現われた。

「あの白い服がワクータ・クラブだよ」とハリーが興奮した声で耳うちした。「ほら、このあいだのダンス・パーティーに来ていた連中さ」

歌声は今やいっそう高まっていた。松明が炎の列となって波打ち、様々な色彩が溢れ、靴の柔かな皮底がリズムを刻む。壮大な洞窟は今や魔術幻灯の舞台と化していた。先頭の縦隊がくるりと向きを変えて歩みを止め、一団がほかの一団の前に展開し、ついには行列全体がしっかりした炎の旗を作り上げた。そして数千の力強い鬨《とき》の声が雷鳴の如くあたりに轟き、松明の火を揺らせた。なんて壮麗で、大がかりなんだろう！サリー・キャロルにはそれが、北国の異教徒たちが太古の白い雪神の巨大な祭壇に、いけにえを捧げている光景に見えた。鬨の声が静まると楽隊が再び演奏を始め、それに合唱が続き、そして各クラブの万歳が長く響きわたった。彼女はおとなしく腰を下ろしたまま、静寂を切り裂く歓声の断続音《スタッカート》に耳を澄ませていた。次に一斉に起る爆発音と洞窟のあちこちに巨大な雲のように立ちのぼる煙が彼女を驚かせた。カメラマンたちのたくフラッシュライトだ。――それが祭典の終りだった。楽隊を先頭に各クラブはもとの隊列に戻り、詠唱しながら退場していった。

「さあ行こう！」とハリーが叫んだ。「あかりが消される前に、地下の迷路を見ておきたいんだ！」

一行は立ち上がり、ハリーとサリー・キャロルを先頭に傾斜路《シュート》の方へ歩き出した。彼女のはめた小さな手袋はハリーの毛皮の長手袋の中にしっかりと握られていた。傾斜路《シュート》の下にはがらんとした細長い氷室が広がっていた。その天井は這いつくばらねばならぬほどに低く、二人は互いの手を離すことになった。そして彼女が気づいた時には、ハリーは急ぎ足で、六つばかり並んだ眩しく光る壁の、横穴のひとつに既に入り込んでおり、その姿は緑色にまたたく光を背景とした小さなしみとなって消えていこうとしていた。

「ハリー！」と彼女は叫んだ。

「こっちだよ！」と彼は叫び返した。

彼女は人気のない部屋を見回した。一行の他の人々は引きあげることにしたのだろう。今頃は外に出て、降りしきる雪に打たれているはずだ。彼女は少し迷ってから、意を決して急いでハリーのあとを追った。

「ハリー！」と彼女は大声で叫んだ。

百メートルばかり下ったところに分れ道があった。左手の遥か遠くから押し殺したようなハリーの返事が聞こえた。かすかなパニックを感じつつ、彼女はその方向へと急いだ。また分れ道があり、二本の通路が口を開けている。

「ハリー！」

返事はない。彼女はまっすぐな道を駆け出したが、はっと思い直して向きを変え、もと来た道を飛ぶように引き返した。凍りつくような恐怖が唐突に身を包んだ。

分岐点に辿り着く。ここだったかしら？　左に進めばあの天井の低い、とても細長い部屋につながるはずだ。しかしそのきらきらと光る特徴のない通路の奥には暗闇しか見えない。彼女はもう一度ハリーの名を呼んだが、返ってくるのは奥行きのない、生命を欠いたフラットな谺《こだま》だけ。引き返して別の角を曲ると、そこは広い通路になっていた。それは紅海をふたつに割った海底のあの緑の道のようでもあり、空っぽの納骨堂に通じる湿っぽい廊下のようでもある。

オーバー・シューズの底にくっつき始めた氷のために、つるつると足が滑る。彼女は体を支えるために、滑らかだがくっつきやすい氷の壁面に手袋をはわせながら走らなくてはならなかった。

「ハリー！」

やはり返事はない。その声は彼女をあざけるように壁をはねながら通路の奥へと吸い込まれていった。

突然あかりが消え、完璧な闇が彼女を包んだ。彼女はあっと小さな悲鳴を上げ、足もとに積もった氷の上に崩れ落ちた。倒れたときに左膝がどうかなったようだったが、彼女はほとんど気にも留めなかった。ここで道に迷ってしまったのだという恐怖が彼女に襲いかかっていた。これまで味わったことのないような深い恐怖だった。彼女は「北の化身」とともに闇の中に残されてしまったのだ。それは北極海の氷に閉じ込められた捕鯨船や、探険家たちの白骨が累々と横たわる人跡未踏の荒野から立ち上る身の毛もよだつ寂寥《せきりょう》だった。その凍りつきそうな冷たい死の息は彼女を捉えるべく這うように近づいていた。

彼女は怒りと絶望のうちに力をふりしぼって立ち上がると、やみくもに暗黒の中を歩き始めた。なんとか外に出なくちゃ。このままじゃここを何日もさまよって、倒れたまま氷の中に閉じ込められてしまうかもしれない。彼女はそんな死体のことをどこかで読んだことがあった。氷河が溶け出すまで死体はそのままの姿で保存される。ハリーはきっと私が他の人たちと一緒に帰ったと思って、もう外に出てしまったに違いない。私がいないことにみんなが気づくのは明日も遅くなってからだろう。彼女はやりきれない気持で壁に手をやった。厚さ一メートルって言ってたわね……一メートル！

「ああ！」

両側の壁を何匹もの生き物がうごめいているのが感じられた。この宮殿に、この街に、この「北の国」に取り憑いたじめじめとした死霊たちだ。

「ああ、誰か来て……誰か！」彼女は大声で叫んだ。

クラーク・ダロウ、彼ならわかってくれるかもしれない。ジョー・ユーイングでもいい。この私がこんなところに置き去りにされて闇の中を永遠に彷徨い、心も体も、そして魂まで凍りついてしまうなんて。この私が、このサリー・キャロルが！　ああ、私は幸せだったのに。幸せで朗らかな少女だったのに。私が好きなのは暖かさと夏と南の地《ディキシー》なのよ。ここにあるのはみんなよそのもの――私のものじゃない。

「泣かないで」と何かが声をかけた。「それ以上泣いてはいけない。涙が凍ってしまう。ここでは涙だって凍りついてしまうのだから！」

彼女は氷の上で大きく手足をのばした。

「ああ、神様！」、声にならぬ声でそう言った。

　一刻一刻、時間が長い一本の列をなして過ぎ去り、疲れ切った彼女のまぶたは知らず知らずに重くなっていった。その時、誰かがそばに身をかがめ、柔かな両手で彼女の頬をそっと温かく包んだようだった。サリー・キャロルは感謝するように上を向いた。

「まあ、マージェリー・リー」彼女は口の中でそっとそうつぶやいた。「やっぱり来てくれたのね」それは確かにマージェリー・リーだった。彼女が思い描いていたとおりのマージェリー・リーだ。若々しい色白の額、好意あふれる瞳、柔かな生地のフープスカート。その上に頭を休めることができたら、どんなに気持が休まることだろう。

「マージェリー・リー」

　あたりの闇はますます深まっていった。墓標をみんな塗りなおしておくべきだったわ。そう、もちろん今のままの方が素敵なんだけど、それでもはっきり見えるようにしておくべきだった。

　一瞬一瞬が急速に、それからゆるやかに流れた。それが延々と繰り返され、最後には分解して幾筋もの滲んだ光線へと姿を変えながら、ぼんやりとした黄色い太陽に収束されていった。そして何かを踏みしだく大きな音が、彼女のまわりを新たに包んだ沈黙を破るように耳に届いてきた。

それは太陽だ、それはあかりだ。一本の松明が姿を現わし、その向うに一本、また一本と続く。そして人の声。松明の下に人の顔が浮かび上がり、太い腕が彼女を抱き起こした。何かが彼女の頬に触れる――湿ったものだ。誰かが彼女の体をつかまえて、頬を雪でこすっていた。なんて愚かしいことをするんだろう。雪でこするなんて！

「サリー・キャロル！　サリー・キャロル！」

それはデンジャラス・ダン・マグルーだった。そして見覚えのない二人の男。

「なんてことだ、二時間も君を捜しまわってたんだ。ハリーは半狂乱だよ」

様々な光景が一瞬のうちに甦った。合唱、松明、湧きおこる行進する合唱隊の鬨の声。彼女はパットンの腕の中でもがきながら、低い声で長い叫びをあげていた。

「ここから出して！　家に帰りたい！　家に連れてって」その声はかん高い絶叫となり、隣りの通路を全速力で走っていたハリーの心臓を凍らせた。「明日帰るわ！」彼女は心のたがが外れたように、声を限りに叫びつづけた。「明日よ！　明日よ！」

Ⅵ

砂ぼこりのたつ一本道に日がな一日面している家の上に、金色の陽光がたっぷりと熱気を降り注いでいた。何をする気も失わせてしまいそうな、それでいて奇妙に心地よい熱気だ。隣家の庭の涼し気な樹上では二羽の小鳥がはしゃぎまわり、路上を苺売りの黒人女が歌うような売り声とともに歩いていた。四月の昼下がりである。

サリー・キャロル・ハッパーは古い窓の敷居に腕を載せ、その上に顎を載せ、眠そうな目で砂ぼこりのチラチラ光る路上を眺めていた。今年の春最初の熱気が立ちのぼっていた。一台の骨董品なみのフォードがあぶなっかしく角を曲って姿を現わし、がたがたと音を立て呻き声を上げながら玄関に通じる道の入り口でがたんと停まった。彼女はじっと口をつぐんでいた。一分もするといつもの耳障りな口笛が空気を切り裂く。サリー・キャロルは微笑みを浮かべ、目を細めた。

「おはよう」

車の幌の中から苦しい角度に曲げられた首が現われた。

「朝はもう終ったぜ、サリー・キャロル」

「本当?」彼女はわざと驚いた振りをして言った。「そうかもね」

「何してるんだい?」

「まだ青い桃を食べてるの。すぐに死んじゃうかもね」

クラークは彼女の顔をよく見ようと、体を無理やりもうひとひねりした。

「水はもうやかんの湯気みたいにあったかいぜ、サリー・キャロル。泳ぎに行かないか？」

「動きたくないのよ」サリー・キャロルはため息をつき、けだるくそう言った。「でも悪くないわね」

哀しみの孔雀

Lo, The Poor Peacock

I

ミス・マクレアリーはタイプライターに革の被いをかけた。もうこれで最後だからと思い、ジェイソンは近寄ってコートを着せかけてやったが、それは彼女を少々慌てさせた。

「ミスタ・デイヴィス、必要なことはみんなメモしておきましたが、漏れたことが何かありましたら、お電話を下さい。手紙は一通り出しておきましたし、書類は整理してあります。タイプライターは月曜にでも取りに来させますので」

「長い間いろいろと有難う」

「どういたしまして。楽しくやらせて頂きましたわ。ただこんな風に――」

ジェイソンは流行《はやり》の文句をぼそぼそとつぶやいた。「また時代が良くなればね――」

出ていってすぐに、彼女はもう一度戸口に顔をのぞかせた。

「お嬢さまによろしく。それに奥様も一日も早くお元気になられますように」

オフィスは急にガランとしてしまった。それはミス・マクレアリーが物理的にいなくなったためというより（彼女の存在はしばしばジェイソンを苛立たせた）、彼女が永遠に去ってしまったせいだった。

コートを着こんでから最後の予定表を眺めた。今日のうちに済まさねばならぬ仕事もなければ、二、三日のうちにというものもない。きちんと片づけられた机はそれなりに悪くはないのだが、ジェイソンはビジネスが多忙を極めていた時代のことをまだ覚えていた。寸暇を惜しんで列車の中からかけた電話、船から打った無線電報。

家に帰ってみると娘のジョーは友だちの女の子二人と一緒にグレタ・ガルボの真似をして遊んでいた。口紅やマスカラを子供っぽくべたべたと塗りたくったジョーの邪気のない幸せそうな、そしてこっけいな顔を見ると、ジェイソンは嫌な話を切り出しづらくなった。昼食が終るまでは待とう。

食器室を通り過ぎる折りに仮装を続けている少女たちをちらりと眺めた。そしてこれから空想という風船の空気を抜き取らなくてはならないんだと実感した。

メエ・ウェストに扮して「そのうちに遊びにいらっしゃいな」とその科白を大胆にも真似ている少女は、メエ・ウェストの映画なんて観たことないのよと打ち明けた。

十四歳になるまでは駄目なんだって。

彼は戦争〔第一次世界大戦〕に参加した世代である。今ではもう三十八歳。口髭には幾らか白いものも混じり、中肉中背、生まれて初めて着たつるしのスーツでさえ彼の風采を損いはしなかった。ジョーがやってきて、早口のフランス語で彼にねだった。

「お父さん、他の子たちにもお昼ごはんを出してあげていい？」

「今日は駄目だよ」

「わかったわ」

やはり話す潮時だ。夕方になり子供がぐったりと疲れ果てた頃に嫌な話を持ち出したくはなかった。

昼食が終り、メイドが退くとジェイソンは口を開いた。「大事な話があるんだ」

その声の重さに、娘はもてあそんでいたパン屑から顔を上げた。

「学校のことなんだよ」

「学校のこと？」

彼は問題に直接入ることにした。

「母さんの入院費用がかかる上に、仕事があまりうまくいかない。それで了算を立ててみた。……やり方はわかるね？　こちらに収入を書き、こちらに予定される支出を書く。そして比べるんだ。被服費、食費、教育費、といった具合にね。マクレアリーさんも辞める前に計算を手伝ってくれた」

「辞めたって、何故？」

「彼女のお母さんの具合が悪くってね、マクレアリーさんが面倒をみなきゃならんらしいんだ。それでね、ジョー、家計を一番圧迫しているのは学校の費用なんだよ」

話の行き着く先のわからぬままに、ジョーの顔は父親そっくりの不幸せな表情を浮かべた。

「とても金のかかる学校なんだ。特別費とか何やかやでね……。東部じゃ一番贅沢な私立校のひとつだ」

やがて娘に与えることになるであろう痛みが、自らの喉の奥に生まれるのを感じながら、ジェイソンは核心に触れた。

「実は、今年はもうこれ以上授業料が払えそうにないんだ」

ジョーにはまだ全てが理解できなかったけれど、食堂はガランとした沈黙に被われた。

「じゃあ、今学期はもう私、学校に行けないの？」彼女はようやくそう訊ねた。

「いや、もちろんそんなことはないさ。ただタンストール校には行けない」

「月曜日にはもうタンストールには行けないとなると」と彼女は抑揚のない声で言った。「私はいったい何処に行けばいいの？」

「二学期は公立校に行くんだよ。今じゃ公立の学校もずいぶん良くなったしね。お母さんだってずっと公立に通ってたんだ」

「お父さん！」やっと事態を呑み込めたらしく、ジョーの声はショックで震えた。

「いいかい、私たちはモグラの盛り土から山を築くことはできないんだ。今年さえ乗りきればたぶんもう一度タンストールに戻って卒業することだって――」

「だってタンストールは最高だってみんな言ってるわよ。それにお父さんだって今学期の成績のこと賞めてくれたじゃない――」

「そういった問題じゃない。私たちは三人なんだ。全員のことを考えなくちゃいけない。私たちはずいぶん多くのお金を失ってしまった。君のために出すお金がどこからもしぼり出せない」

最初の涙が二筋、彼女の目からこぼれ、頬をつたった。彼女の哀しみを見ることに耐えきれず、ジェイソンは機械的に言葉を続けた。

「どちらが良いと思う？　借金をしてお金をたくさん使うか、それとも少しのあいだ生活を切り詰めるかだ」

娘は何も言わずに泣いた。週に一度の面会に病院に向う道すがらも、その涙は止まらなかった。

ジェイソンは確かに娘を甘やかし続けていたのだ。十年にわたってデイヴィス一家はパリで豪勢に暮し、その間彼はストックホルムからイスタンブールにまで飛び回って様々な企業にアメリカ資本を投入する仕事に携っていた。それはまことに立派な企業だった。少なくとも存在している間は。

彼らはクレベール街の邸宅か、ボーリュウのヴィラで暮した。ジョーはまず英国人の乳母を、そして家庭教師を与えられ、彼女たちに父親の絶対的権力を吹き込まれた。彼女はシャンゼリゼ界隈の遊び友だちと同様、ただ単純に金をかけて育てられた。またそういった子供たちと同様に、人生の贅沢というものは黙っていても手に入るものだという観念を植えつけられた。そして自分には優先権があり、大きな車や、モーター・ボートや、オペラやバレエのボックス席がいつでも与えられるものだと思い込むようになった。またジョーは浴びるように与えられたプレゼントの余りものを誰かにこっそりくれてやるといった習慣にも、幼い頃から染まっていた。

二年前から変化が始まった。母親の具合が悪くなり、父親はもう謎の人であることを止めて、フレンチ人形の家族一揃いを土産にイタリアから戻って来た。しかし彼女はまだ幼く順応し易かったので、自分がどれほどこれまでの生活を愛していたのか認識できぬままにアメリカに戻り、タンストール校での新しい生活に溶け込んでいった。ジョーは素直にそんな新しい人生を愛そうと努めた。彼女は様々な事物や人々をずっと愛してきたし、この変化をもやはり愛そうとしたのだ。しかしそれには少し時間がかかった。何故なら彼女は物事を深く、そしていつまでも愛するということ自体を愛したからだ。彼女はそのように育てられたのだ。

病院に着いた時、ジェイソンは娘に言いきかせた。

「お母さんには学校のことは話さないでおこう。君が参ってることがわかればお母さんも悲しむかもしれないだろう。その話をするのは、君がもう少し落ちつくというか——慣れてからにしよう」

「何も言わないわ」

二人は見慣れたタイルの廊下を母の病室まで歩いた。ドアは開かれていた。

「入っていいかね？」

「もちろんよ」

夫と娘はベッドの両脇から、まるでお互いを牽制し合うような格好で彼女の体を抱いた。言葉もなく三人の腕と首はしっかりと絡み合った。

アニー・リーの瞳は涙に濡れていた。

「さあ座ってちょうだい。カーソンさん、椅子をもうひとつ下さいな」

看護婦が居たことに二人はそこでやっと気づいた。

「さあ、いろんなことを聞かせて。チョコレートもあるわよ。ヴァイ叔母様が送って下さったの。私が何を食べてよくて、何を食べちゃいけないかなんて、あの人はすぐに忘れてしまうのよ」

彼女の顔だちが人に与える印象は昔と殆んど変りない。冬は冷ややかな象牙色、春は優しい野バラのように清新で、ピアノの白い鍵盤を思わせる夏の淡い顔色。彼女を蝕む病いの深刻さはジェイソンと医師しか知らない。

「全て事も無しさ」と彼は言った。「家のことはうまくいってる」

「ジョー、あなたはどうなの？　学校の方は？　試験はパスしたの？」

「もちろんよ、お母さん」

「なかなかのものだよ。去年より成績はずいぶん上がった」ジェイソンが付け加えた。

「お芝居の方はどう？」事情を知らないアニー・リーはなおも質問を続けた。「まだティタニアの役をやりたいの？」

「わかんないわ」

ジェイソンは慌てて話題を「農場」へとそらせた。それはかつてアニー・リーが所有していた広大な土地の僅かな残骸にすぎなかった。

「出来れば処分してしまいたいんだ。君のお母さんがあそこで収益を上げていたなんて信じ難いね」

「でも上手くやってたわよ。死ぬその日までね」

「ソーセージ作りのおかげさ。でもそれも最近はさっぱり売れなくなった」

看護婦がやってきて、そろそろお時間ですのでと言った。貴重な時間をいとおしむように、アニー・リーは白い手をかわるがわる二人に差し伸べた。

車に乗り込むなりジョーが訊ねた。

「お父さん、私たちのお金は何処へ消えてしまったの？」

まあ、勝手な想像を巡らすよりはきちんと教えてやった方が良いのだろう。

「こみいった話なんだ。ヨーロッパの人たちが我々の貸した金の利息を払わなくなったのさ。利息のことは知ってるね？」

「ええ、もちろん。副読本に出てきたわ」

「私の仕事はある企業が有望かどうかを決定することだった。私がいいと言えば会社は金を貸し付けた。ところが不況がやってきて借り手はお金を返せなくなってしまった。だから会社の方でも貸し付けを止めた。そこで私は職を失くして帰国したということだよ」

ジェイソンは自分が投資した大金の話を続けた。全部で何万ドルにもなるな。でもお金の額なんてもうどうでもいいことさ、ジョー。そんなお金はみんな「焦げついて」しまったんだ。

弾丸鋳造塔《ショット・タワー》の庇護下にあるガソリン・スタンドに車を停め、給油をした。

「何故こんなスタンドに車を停めるの？　汚ない煙突の脇になんて」

「煙突じゃないよ。知らないのかい？　独立戦争の時にはこの上から鉛を落下させて弾丸を作ったんだ。そしてその弾丸で英国人を撃った。歴史的記念物さ」

二人はそれから戦没南軍兵士の記念碑のまわりを一周した。突然またジョーが口を開いた。

「アメリカ人にとって、きっと今は辛い時代なのね。いつだって意味のない戦争ばかりしてる」

「ああ、我々は戦闘的な民族だからね。しかし、だからこそトップに立つこともできたんだよ」

「でも幸福にはなれなかったわ。ヨーロッパの人たちみたいにはね」

「ヨーロッパの人たちにだってやはり悩みはある。君はまだ小さかったからそういうことには無縁のところに置かれていただけさ」家の前に車をつけたところでジェイソンが口を開いた。「さあ、いったいどうしたっていうんだね？」

「だってお母さんは心臓を悪くするし、お父さんは貧乏になっちゃうし、それに――」

「頼むから泣きごとは言わないでくれ！」彼はきつい声でそう言った。「惨めなことを言っていると本当に惨めになってしまう。少くとも、我々にはこんな立派な家だってまだ残ってるじゃないか」

それだって早晩あけ渡すことになるだろう、そう思うと心が痛んだ。しかし何もかも一度に打ち明けて、娘にショックを与えたくはなかった。

一方、ジョーは玄関に入ってからもまだ、自分の〈お話〉で頭がいっぱいだった。

「ねえお父さん、私たちって犬を飼ってないことを別にすれば、『みなしごアニー』の登場人物にそっくりね。あの犬ったらいつも『アープ』って吠えるのよ。そんなのって聞いたことある？　漫画の中じゃ犬はみんな『アープ』とか『ウーフ』って吠えるの。でも犬ってそんな風に吠えたりはしないわ」

ジェイソンは話題がそれたことにほっとした。

「お父さんが好きな漫画は『うすのろ一家』くらいだね。元気な時にはディック・トレイシーとK・9なんかが良いけれど」

ジョーは自分の部屋に戻るときに溜め息をついた。

「漫画で読んでるだけなら、貧乏だってそれほど悪くはなさそうなんだけど」

彼女は悲し気にそう言った。

II

公立校に移り、ようやく落ちつきを取り戻した頃になってジョーは引越さねばならぬことを知らされた。それは隣家との垣根の必要もないほど広々とした、新しい郊外住宅地の屋敷から狭いアパートへの転落であった。新しい部屋にはこれまで使っていた大型のベッドやソファーは入りきらず、それらはいろんなものと一緒に倉庫に預けなくてはならなかった。ジョーは新しい部屋の飾りつけに没頭することにメランコリックな慰めを求めた。父親は努力して自分の喜びを外に出すのを自制した。

「なかなか綺麗にできたじゃないか、ジョー」

「嘘よ。でもね、はじめは雑貨屋さんでアルミ・フォイルを買ってくれば綺麗な銀色のお部屋にできるだろうって思ったのよ。『ハウス・ビューティフル』にあるようなね。でも駄目。しわくちゃになって、はがそうとしてもはがれなくなっちゃった。何をやったってやるだけ悪くなっていくのよ！」

ワシントン誕生日の休暇の間、ジョーはずっと自分の部屋の家具を塗りかえていた。そしてその挙句にクリーニング会社の男がやってきて、これを全部シミ抜きするんですかい、といったうんざりした表情で敷物を見渡す羽目になった。その夜のダンス・スクールで母親たちは子供たちをつかまえてはペンキのシミをつけたジョーを指さし、あの両腕に紫色の発疹ができた女の子に決して近寄っちゃいけませんよ、ときつく言い含めた。そして母親たちはジョーの髪に付いた緑と紫の、まるで災厄の眼のようにどろんと光るふたつの不気味なシミを見るたびに身の気もよだつ恐怖に襲われた。それはどう見ても疫病のしるしとしか思えなかったのだ。

手の施しようもなかった。幾ら泣いたところで髪についたペンキの色は落ちなかった。何週間もの間、ふたつのシミはジョーの髪に付着したままだった。二週間ばかりたつと、魅力的と言えなくもない色あいに変りはしたものの、もちろんジョーがそんなことで慰められるわけはない。それは幾度も雪崩に襲われたヨーロッパの村々の屋根の色あいを思わせた。ふたつの色は徐々に地の色と混じり合い、やがてはすっかり見分けがつかぬようになった。

この悲劇はジョーをすっかり挫けさせた。彼女はビーコンズ・バーン・ダンス・スクールになんてもう行かない、と言い出した。

ジェイソンはそんなに費用がかかるわけでもないんだからと、娘を説得した。

「行く意味がない」とジョーは言った。「タンストールだってやめちゃったんだし、私はもうよその人間なのよ。今の学校にだって良い人はたくさん居るわ」

「行って損はないと思うがね」

「損がないなんて言い方をしないで」

二人だけで暮し始めてから、父と娘はまるで大人同士のように、夫婦のように話をし、口論をするようになった。いつまでも同じ喧嘩を繰り返す夫婦のように、というべきか。

ジェイソンはそんな風になっていくのがたまらなく辛かった。こんなに落ちぶれた今の自分の姿を娘の前に晒したくもなかった。

「農場に行ってみないか？」ある土曜日の朝、朝食の席でジェイソンはそう持ち出した。「君もまだ行ったことがないんだしね」

「ガソリン代はあるの？」

「ジョー、少しの間だけでも貧乏していることは忘れよう。前にも説明したように、私のやっている服地業界では歩合の取れるもうけ口は三つ四つしかないんだ。利子を取るのと同じさ。利子のことは知ってるって言ったね？」

「ええ」

「だからそのもうけ口を握っている仲買人たちは当然それを手放すまいと懸命になる。私なんかよりはずっと古くからやってる手馴れた連中さ。そんなわけで私の扱えるものといえば、二流品ばかりだし……。でも、そんなことはもう忘れて、ドライヴでもして気を晴らそうじゃないか」

「確かに車で行けば早く着けるとは思うけど、本当にガソリンのお金あるの？」

「時は金なりって言うじゃないか。とにかく最初のソーセージを作り終える前に農場に着きたいんだ」

霜の下りた石ころだらけの野原や、とぎれることのないアパラチア山脈の紫の稜線や、名も知らぬ村々に挟まれた七十マイルばかりの道のりであった。そんな村々の名を知りたいと思ったことは一度もなかった。ジェイソンはずっとそれらの村の姿について想いをふくらませてきたのだった。

しかしジョーの心はまだフランスにあった。ものを考えることに夢中で、風景に目をとめる余裕はなかった。

「ねえお父さん、どうして農場のお金がいっぱい入らないの？　お祖母さまがやってたみたいに。そうすればそれで生活できるし、お金持にだってなれるじゃない？」

「いいかい、農場なんてもう存在しないんだ。あそこにあるのはただの――ただの大きな豚小屋だけさ」

ジョーの顔色がさっと変るのを見て、ジェイソンは乱暴すぎた言い方を悔んだ。

「まあそれほどひどくはないけどね。若い方のセネカが少しは出荷用の野菜作りもやってくれてはいるようだし――」

「若い方のセネカってだあれ？」

「昔はセネカ爺さんがやってたが、今は若い方のセネカさ」

「昔はそんなに広い農場だったの？」

「見渡す限り、といったところだね」

「山の方までずっと」

「そこまではいかないけれど」

「でも広い農場だったのね」

「ものすごく広い農場だったよ。このあたりの農場はみんなそうだが、それにしても広い方だった」答えているうちに知らず知らずに土地なまりが出てきた。

少しあとでジョーが質問した。

「ソーセージってどうやって作るの？」

「もう忘れちまったよ。えーと、ちょっと待ってくれ、こうだったかな。十六ポンドの脂身の肉と十六ポンドの赤身の肉を一緒に挽くんだよ、確かね。それをこねてから味つけだ。スプーンに九杯の塩、九杯の胡椒、九杯のセージ――」

「どうして九杯？」

「どうしてって、お祖母さまはずっとそうやってたのさ」

ジェイソンは娘のとめどもない好奇心を満足させるために一生懸命ソーセージの作り方を思い出しながら、農場に通じる雨でえぐられた小径に車を乗り入れた。

セネカは車を見ると仕事の手を休め、急いでやってきてジェイソンに挨拶した。

「どうかね？」とジェイソンは訊ねた。

「始めたばかりでさ、ミスタ・デイヴィス。昨夜《ゆうべ》のうちに解体は済ませちまったんですがね、雇った二人組はぐうぐう寝てますよ。一日中眠るつもりらしいですよ。寝てる分の給料も払いますかい？　もっとも起きてたって犬を追っ払うくらいにしか役に立たん連中だが」

「犬って言った？」

セネカはジョーが居たことに気づいた。

「そうだよ、お嬢ちゃん。ここいらの犬は何にだってかぶりつこうとしてるのさ。この土地には、『自分の面倒もみられないような情けない犬野郎』っていう言葉もあるくらいでね」

彼らは車を降りて燻製室まで歩いた。

「若いものには充分な金を払っているだろう」とジェイソンは言った。「今でも豚の小腸や脂かすや頭をやってるのかい？」

「きちんと払ってますよ、ミスタ・デイヴィス。溝掘りの連中だってまともに働いてるんですよ。ここにいるローズおばさんにしたって奥様のお母さんの代からずっと香辛料の調合をやってるんです。それこそ腕ももげんばかり一生懸命ね」

件の黒人女はにこにこしながら二人を迎えた。

「こんちは、ミスタ・デイヴィス。こんちは、お嬢ちゃん」

彼女は仕事の手を休め、きつい香辛料の匂いがついた手を大きな古びたキッチン・

タオルで拭きながらジョーを上から下まで眺めた。

「まあ、まっことお母さまに似とられることで」

ジョーはブラブラと燻製室に入り、小麦粉や食塩やラードの樽、ざらめや赤砂糖や角砂糖の樽を眺めながら歩いた。そして外に出ようとしたところで、頭にミルク桶をかついだ黒人娘にぶつかってしまった。

「ごめんなさい」

娘はぴくりともバランスを崩さず、ただ愉快そうに笑った。

「謝まんなくったっていいさ。ここら辺りのガキなんて、この三年間ってもの、あたしを突き飛ばそうってずっと狙ってるんだよ。上手くいったためしはないがね」

ジョーは燻製室から出てくると父親の姿を求めた。父親はセネカと何ごとかを議論していた。セネカは話しながら時折働き手たちに大声で指示を与えた。

「なあ、ジニーおばさん。あんたの使ってんのは小麦粉ふるいじゃないか。コーンミールふるいでなくちゃセージの茎は取れんよ」

ジョーの関心は肉挽きと父とセネカの会話との間を行ったり来たりした。

「我々は安物のソーセージを作ってるわけじゃないんだ。まあこれを読んでみてくれ」

ジェイソンはポケットから一通の手紙を取り出すと声を出して読みあげた。「取り引きを中止するという通告が相次ぎ、そのために貴社の製品をこれ以上取り扱うことが不可能となりました……。どうだね？　こいつは不況のせいばかりでもあるまい。我々の作るソーセージはかつては東部一の上物だった。要するに味が落ちたんだよ。君たちの誇りはいったい何処に行っちまったんだい、え？　昔は注文に追いつくこともできなかったじゃないか？　何かが失われてしまったんだよ」

「何がいけないか私にはわからんですよ、ミスタ・デイヴィス」

二人が引き上げる頃、あたりはひんやりとして、ヒッコリーを焚く火が白い鈴懸の木に照り映えていた。

「ねえお父さん、もし農場が私のものだったら、ソーセージ作りのどこに問題があるのか徹底的に調べてみるのに」

ジョーは父親に対する信頼感を徐々に失っていった。かつてのように父親は彼女にとって至高の存在ではなくなっていた。それでも彼女は今までの姿勢を崩すまいと努めた。ジョーは義務を果すことが何より大切だとしつけられてきたのだ。彼女はまた、情熱なしには何事も成し得ないにしても、情熱だけで全てが成し得るわけではない、この辛く緊張に充ちた人生においては、もうやりたくもないということをやらなくてはならないことの方が多いのだという、あの偉大な認識を幼い頃から身につけていたのである。

III

ハイ・スクールでジョーは幾つかの科目に遅れを取ってはいたが、語学のクラスでは逆に他の生徒のレベルにまで発音を落とさねばならなかった。泣きどころは初体験の古代史だった。『アントニーとクレオパトラ』をとばし読みした時のあやふやな記憶で、シーザーはエジプトの王様です、と答えたことは職員室の語り草となった。ジョーは学校ではほんの少ししか友人を作らなかった。彼女は現実よりは空想の世界に自分を置きたがる年頃にさしかかっていたのだ。

一方ジェイソンにとっては、気の滅入る冬の終りだった。彼にしても、自分に対する娘の信頼感が薄らいでいることに当然気がついている。生活の安定や、大事な特権を守ろうとする娘の主張――それは彼女という人間の一部であり、同様に義務感から来るものでもあったのだが――は二人の間に摩擦を作りだした。しかしそこから失われてしまったものもあった。それは、全知全能にして惜しみなく与えてくれるものに対する敬意だった。

　ジェイソンは常に努力し、より良い取引き先を求めることによって自らの士気を維持しようと努めた。彼の手にする細々とした口銭では生活するのがやっとだった。大きな取引きがひとつでも転がり込めば彼は安全地帯に逃げ込むことができるはずだ。評判は決して悪くはなかったからだ。ジェイソンに好意を持つ何人かの卸し商が彼に接近してきたが、ジェイソンの扱う商品は高級すぎて彼らの好むところではなかった。


　暗い破局の日がやってきた。それは青味を帯び、紫や緑を帯びた、見覚えのない暗闇であった。ある朝、食料品店の内儀が家にやってきて居間に上がり込み、うちとしてはこれ以上勘定をつけておくことはできません、と大声を出した。

「大声を出さないで」ジェイソンはそう注意した。「せめて娘が学校に行ってしまうまで待ってくれ」

「娘さんがどうしたっていうんです！　あたしたちにだって娘はいるんですよ。しめて百十ドルと――」

　階段にジョーの足音がした。

「おはよう、お父さん。あら、おはよう、デッシュハッカーさん」

「おはよう」

無邪気なジョーの姿は一時的にデッシュハッカー夫人の心をほぐしたものの、ジョーが食堂に消えてしまうと彼女はもっと強硬に最後通牒をつきつけた。

「わかった……なんとか来週の半ばまでには……とにかく、一部だけでも」

銀器がまだ残っていた。せめてこれだけはと、手をつけずにとっておいたものだ。連邦最高裁の紋章の入った酒器や、彼の祖父の紋章のついたリー・スプーン――

ジェイソンはその看板をそれまでに何度眺めたことか。「ミスタ・ケイルはあらゆる物件をお預りします――高額査定、最も信頼できる店」

「いらっしゃいませ」

メリーランド人――もっとつつましい呼び名だってあるにはあるのだが――特有のゆるぎない礼儀正しさで主人は立ち上がり、ジェイソンを迎えた。打算の影がその背後にうっすら読みとれた。

ジェイソンは恥辱にうたれ口籠ったが、ミスタ・ケイルは馴れた様子でジェイソンを制した。

「軍資金がお要りようというわけですね？」

「そうなんだ。ちょっとした銀器なのだが」

「どういったものでございましょう？」

「銀食器、それにゴブレットを幾つか。時代ものだよ」彼は言葉を切った。耐え難いまでの屈辱が彼にのしかかって来た。「それにコーヒーセット」

「ものはもちろんお見せ願えましょうな？」

「もちろん。他にもまだある。家具とかね……。一ヵ月ほどで買い戻すことになるとは思うが」

「それはもう、よく存じております」

間違いなく買い戻す、と彼はこれまでの経験からそうつけ加えた。

ジェイソンは担当看護婦に病院のホールで呼び止められ、掛けさせられた。ドクタ・キイスターはもうすぐ回診を終えますので、少しお待ち下さい。奥様の病室にいらっしゃる前に是非お会いしたいと先生は申しておられました、と彼女は言った。

「どんなお話なんでしょう？」

「なんともおっしゃいませんでしたわ」

「何かまずいことでも？」

「存じません、ミスタ・デイヴィス。先生はただお話があるとしか——」

彼女はそう言いながら終始体温計を拭き続けていた。


三十分後、狭い応接室でキイスター医師はジェイソンに全てを打ち明けた。

「反応がないのですよ。奥様に残されたものは何年かの猶予だけです。何年かの猶予、としか言いようがありません。私たちはみんな奥様に好意をもっています。しかしあなたには包みかくさず申し上げた方がよいと思って」

「もう恢復の見込みはないとおっしゃるわけですか？」

「恐らくは」

「二度と、本当に二度と元気にはならんのですか？」とジェイソンは重ねて質問した。

「もちろん例外がないわけでは——」

……このようにして人生から春は消え失せてしまったのだ。四月、五月、六月、全ては去っていった。

四月、甘美なるせせらぎとして彼女はやってきて、五月には萌え出ずる丘のごときかぐわしさがあり、六月、彼らは固く抱き合い、二人の間には互いの瞳のまばたきの他、何ひとつ存在しなかった。

キイスター医師は言った。

「覚悟して頂くことになりそうですね、ミスタ・デイヴィス」

愛の亡骸をまたひとつあとにして再び家に戻る途中、ジェイソンの乗ったタクシーは畜肉市場の集会の脇を通り過ぎた。聴衆に向って演説をぶっていた労働運動家は、ジェイソンのタクシーに目を止めると、渡りに舟といった様子で矛先《ほこさき》をそちらに向けた。

「おい、あそこにも奴らの一人がいるぞ！　さあ、やっちまおうぜ！　奴らを丸裸にして最後の一セントまで吐き出させるんだ！」

おい、いったい何を吐き出させるっていうんだね？　ジェイソンは苦笑した。持ち金といえばこのタクシー代がやっとという有様なのに。


ベッドルームに上がると彼は、三十八口径のリヴォルヴァーを手に取って、バランスを測ってみた。これでもう三度目のことだ。――生命保険はすべて払い込んである。「うまく死なせてくれ！」と彼は祈った。「もう迷っている場合じゃない。口の中に一発ぶち込むんだ」

その時、電話のベルが鋭く鳴った。彼は拳銃を空っぽのツインベッドの上に放り投げた。

女の声だった。「デイヴィス様のお宅ですか？　私はマッカチェオン校長の秘書です。少々お待ち下さいませ」

男の声にかわった。平板であけすけな声だった。「ハイ・スクールの校長をしておりますマッカチェオンと申します。誠に申し上げにくいのですが、この度お宅のジョセフィーヌさんをお引き取り願いたいのです」

ジェイソンは一瞬息が詰まった。

「娘さんが帰宅なさる前に、一応私の方からおしらせした方がよろしかろうと思いましたもので。さきほどオフィスの方に電話をさしあげたのですがいらっしゃらなかったので。我々にとってもまことに心苦しいことなのですが、三人の女生徒を、不品行の故にやむなく放校処分に付さざるを得なくなりました。もし誰かが当校の品格を損った場合、大多数の生徒の立場を考慮し、その生徒には去ってもらうことになります。私は職員会議も開きましたよ、ミスタ・デイヴィス。全員一致でした」

「どのような違反を犯したのでしょうか？」

「電話では申し上げにくいですね。いかがでしょう、木曜以外の二時から四時の間にこちらにお越し願えればお話しもできるのですが。予約していただければお待ちしております。ところで我々としても、ジョセフィーヌがこういったことに加担しておったというのはまったくの驚きなわけですよ。まあ、どちらかというとみんなから一歩離れている感じでしたし、先生方にとり入ったりするようなこともなかったんですが、こういう結果になってしまって」

「わかりました」ジェイソンは乾いた声でそう言った。

「それでは」

ジェイソンはリヴォルヴァーを手に取ると、弾丸を弾倉から抜いた。

……もう少し生き伸びなくちゃならんというわけか、彼はそう思った。


半時間ばかりしてジョーが帰ってきた。いつものおしゃべりは影を潜め、唇は固く閉じられていた。暗い涙のあとが彼女の頰に残っていた。

「ただいま」

「おかえり」

ジェイソンは娘が二階に上がって、コートと帽子を脱いでから下におりてくるのを待った。

「ところで、いったい何があったんだい？」

　彼女は怒りに身を震わせて、彼の方を振り返った。

「何も言うもんか！　私をこづきまわせばいいでしょ、お父さん。好きなだけぶてばいい」

「止しなさい。何を言い出すんだ。これまでに君をぶったことなんてあるかい？」

「でも今朝はみんなで私を痛い目にあわせようとした。私があの人たちの求めることを言わなかったからよ」

　ジョーは大きな長椅子の端に倒れ伏し、顔を押しつけて泣いた。ジェイソンは、胸を痛めつつ、情けない気持で部屋を歩き回った。

「もういい、何も話さなくていいよ、ジョー。君が何をしようと、責めはしない。いつだって君を信じてる。無理には聞かない」

　彼女は顔を上げ、泣きはらした目で父親を見た。

「本当？　本当にそう約束してくれるの？」

「もちろん本当さ。そうだ、良い考えがあるんだ。ゲイルボウムとの取引きが上手く行かないと……、いやつまり上手く行くまではということだが、私は午後が空いている。だからその期間、君の個人教師をしてやろうじゃないか？　これでも昔はラテン語と代数は得意だったんだよ。語学については、図書館で読書リストを手に入れればいいだろう」

彼女は大きなクッションに顔を埋めてまた啜り泣き始めた。

「いい子だから泣くのはやめなさい、ジョー。私たちは負け犬じゃないんだ。さあ、お風呂にでも入ってきなさい。そのあと一緒に何か夕食を作ろう」

ジョーが部屋に消えると、ジェイソンは何か無関係なことを考えようとした。そして朝の十五分ばかりの短い面会時にアニー・リーが言ったことを思い浮かべた。

「農場のことだけど、いったい何が問題なの？　とても簡単なことなのよ。要は香辛料よ。スプーン九杯の塩、九杯のヒッコリーの灰、それから胡椒とセージ。それからもちろんテンダーロイン肉でしょ……」

「ヒッコリーの灰？」ジェイソンは叫んだ。「テンダーロイン？」

ジェイソンが余りに驚いたので彼女は身を起こした。ジェイソンは彼女をなだめて寝かせつけた。「まさか若いセネカがテンダーロイン肉を使わなかったり、ヒッコリーの灰を入れ忘れたりしてるわけじゃないんでしょうね？」

――アパートの居間に座ってセネカ青年に手紙を書いた。

ジョーが下りてきた時、ジェイソンは言った。「これを郵便局に持っていってくれないか？　農場のことなんだ」

住所を点検してからジョーが訊ねた。

「お父さん……、本気で私の勉強をみてくれるの？」

「勉強をみること？　もちろんさ。知ってることは何もかも教えてあげるよ」

「うん」

しかし灰色の夕闇の迫る頃になっても、ジェイソンはぼろぼろになった教科書の上にじっとかがみ込んだままだった。

「シーザーか」彼は一冊めの教科書にかかりきっていた。「いまいましいスイスの話だな」

　彼は訳した。

「スイスにおいて、人々は神々や人間を抱いた……」

「なあに、それ？」

「ちょっと待ってくれ。スイスにおいて、人々は神々を抱き、そして人間を抱き――こいつはむずかしいよ――ラテン語も昔はこんなじゃなかったんだけどね」

　ジェイソンはいらいらしながらジョーの方を向いた。「練習用の例文はないのかい？　“Helvētī quī nec deōs nec homines verēbantur”――こいつは『震える』という意味だったと思うな――“magnum dolōrem.”これは深い悲しみのうらに終る、ということだね。どうして一番最初にこんなものを私に訳させようとしたんだい？」

「私が頼んだわけじゃないわ。だってそこの部分はもう習ったんだもの。こうよ。『神をも人をも恐れぬヘルウェティー人は、山によって四方から封じ込まれていたために、深い哀しみを味わうことになった』」

彼は読み進んだ。「“Patiēbantur quod ex omnibus partibus.” これは十フィートの塁壁ってことだね」、彼はランプごしに得意気にそう叫んだ。

「あら、脚注をのぞいたでしょ」

「のぞいたりはしないさ」と彼は嘘をついた。

「誓って？」

「いいから別の話をしよう」

「まったく先生気取りなんだから」

それが最初の夜のラテン語の授業の終りだった。

ジョーは本のページをぱらぱらと繰り、その部分をゆっくりと読み上げた。

「一九二七年度に十億ドルであった国家の税収が一九二九年は五千億ドルまで増えたとする。増加率は何％であるか？」

「解いてごらん」

「解いてよ、お父さん、数学はお得意なんでしょう？　それから、これも解いてよ」

「ちょっと見せてごらん。……連続する偶数の逆数の和がゼロであり、また別の連続する二つの数の逆数の和が$\frac{11}{60}$である。それぞれの数値を求めよ」

　ジェイソンは言った。「つまり未知の数をXと置くんだ。何か公式が必要なわけだが、知ってるんだろう？」

「すてきな公式をね」

「とにかくどこかからやってみよう」彼はもう一度教科書にかがみ込んだ。「一九二七年度に十億ドルであった国家の税収が」

　ジェイソンは一瞬途方に暮れた。

「ねえジョー、一週間のうちにはもっと出来るようになるよ」

「わかったわ、パパ」

「そろそろおやすみ」

　二人の間に心の通い合う沈黙が下りた。

「おやすみなさい」と娘は言った。

　彼女はジェイソンの方に身をかがめ、彼の額に残った野球の古い傷あとに軽く唇をつけた。

時折彼はジョーの枕元に座ることがあった。しかし今夜はよそう。ジェイソンは居間に腰を下ろし、シーザーの『ガリア戦記』を取り上げた。

「神をも人をも恐れぬスイス人たちは、深い哀しみに……」

「私はいったい何を恐れればいいんだ？」ジェイソンはそう思った。戦争で私は、オハイオの田舎出の青年たちを率い、その八人全員をフランスのとある馬小屋の中で死なせてしまった。生きてそこを出てきたのは私一人だけだった。左肩の先をわずかにえぐり取られただけで！

神をも人をも恐れぬスイス人たちは、深い哀しみに……。

ハッピーエンド版

注記 以下はライブラリー版刊行にあたり新たに訳された別ヴァージョンのエンディングです。本ヴァージョンの原文では、一八四頁以降が削除され、以下が加筆されています。

Ⅳ

年代記を前に進め、アニー・リーの農場が息を吹き返した日々を足早に通り過ぎよう。ソーセージ作りにテンダーロイン肉を使うことを、ミスタ・デイヴィスははっきりと要求し、セネカ青年はその指示に従った。そしてテーブルスプーン九杯のヒッコリーの灰を混ぜるのが大事な秘訣なのだということを、彼もはっと思い出したのである。

注文が増加し始めた。農場はなんとか命脈を保っている状態から、ぼつぼつではあるけれど利益が出るところまで改善された。

V

時折彼はジョーの枕元に座ることがあった。しかし今夜はよそう。ジェイソンは居間に腰を下ろし、シーザーの『ガリア戦記』を取り上げた。

「神をも人をも恐れぬスイス人たちは、深い哀しみに……」

「私はいったい何を恐れればいいんだ？」ジェイソンはそう思った。戦争で私は、オハイオの田舎出の青年たちを率い、その八人全員をフランスのとある馬小屋の中で死なせてしまった。生きてそこを出てきたのは私一人だけだった。左肩の先をわずかにえぐり取られただけで！

「神をも人をも恐れぬスイス人たちは、深い悲しみに……」

彼は明かりを手元に寄せた。

動詞やら分詞やらがいっしょくたになって、夜がむなしく更けていった。十一時前に電話のベルが鳴った。

「校長のマッカチェオンです」

「ああ、こんばんは」

「おたくのお嬢さんはどうやら濡れ衣を着せられていたようです」

話によると、どうやら男子更衣室に忍び込むという大胆な試みがあったらしい。そのあいだ、一人が見張りとして表に残されていた。その見張りがどこかに逃げてしまったので、ジョーはみんなにそれを注意しようとしたのだが、ちょうどそのときに見回りの教師たちが姿を見せたのである。

「申し訳ありません、ミスタ・デイヴィス。こういうケースでは、私たちには手の打ちようがないのです。陳謝の意をお伝えするよりほか、何もできません」

「わかっています」

電話の向こうにはハークライト氏の声が聞こえた。

さあ、来たぞ！　パン・アメリカン・テキスタイル社との取引きだ。

「やあ、こんにちは、ミスタ・デイヴィス！　私は今フィラデルフィアにおります。あなたとは何度か手紙のやりとりをしましたね。明日そちらの方に足を伸ばしますので、もしよろしければお宅に伺いたいと思うのです。こんな夜分に電話をして申し訳なかったのですが……」

オフィスに行って戻ってきて、寝室に行くと、朝食が用意されていた。彼が帰宅する物音を聞きつけて、すぐにジョーがドアをノックし、緊張した声で尋ねた。

「何かあったの？」

「疲れているだけさ。一晩中仕事をしていたものだから。なあ、もし友だちが遊びに来るとかそういうんだったら——」言葉を口にするのがおそろしくつらく、おっくうになってきた。「そのあと部屋を片づけておいて。とても重要な人なんだ。仕事の関係で」

「わかったわ、お父さん」

彼はベッドの支柱をつかんでいたが、それでも体が危なっかしくふらふらと揺れた。

「この人に将来のすべてがかかっているんだ。まずいところは見せられないからね」

それだけ注意を与えると、ばたんとベッドに身を投げ出した。

Ⅵ

思いもかけず、十一時に黒人のメイドがハークライト氏を家に招き入れた。この品質調査の旅が進むに連れて、ハークライト氏は否応なく——もともとは親切な性格の人であったのだが——徐々にその親切心を失っていった。鋭い鑑識力は彼のビジネス上の貴重な資産だったが、品質の調査をすることは今のところ、もうひとつ気乗りのしないものになっていた。疲労したものや、うまく働かなくなったものは、どこかに押しやらなくてはならない。ハークライトには生き生きしたものと、生命を欠いたものとを分別する才能があった。それが彼がパン・アメリカン・テキスタイルの副社長に選ばれた理由の半分だった。しかしそれはあくまで半分でしかない。人柄の温かさが、理由のあとの半分である。

小さな女の子が部屋に入ってきた。

「おはよう。お父さまはいらっしゃいますか？　私が今日お邪魔することはご存じのはずですが」

「どうぞお入りください。父は風邪をひいて、寝ているのです」

ジェイソンの寝室で、ジョーは父親の疲れ切った身体を何度も何度も揺さぶった。しかし起こすことはできなかった。彼女は居間に戻った。

「父はすぐにでも起きてくると思います」と彼女は言った。「お会いできるような格好をしていないので、父はとても申し訳なく思っています」

「ああ、そんなことは気にしないで。君はきっとミスタ・デイヴィスのお嬢さんですね？」とハークライト氏は言った。

ジョーはいかにもさりげなくピアノ椅子の方に行って、突然心を決めたように彼の方を向いた。

「ハークライトさん、父は風邪をひどくこじらせておりまして、お医者さまには起きてはいけないと言われています。父のことですから、何と言われようと起きあがろうとすると思いますが」

「ああ、そんな。無理をさせてはいけません！」

「お医者さまに止められても、父は言うことをきかないいんです。一度言い出したら聞かない人です。父には面倒をみてくれる女手が必要なんです。私は学校があって、役に立てませんし――」

「起きあがったりしないようにとおっしゃってください」とハークライトは繰り返した。

「起きあがりたいと思っても、体が言うことをきかないかもしれませんが」

「私のことでしたら、気になさらなくてもかまいませんよ」

彼女は父親の寝室に行って、すぐに戻ってきた。

「くれぐれもよろしくと申しております。せっかくお越しいただきながら、お目にかかることができなくて、まことに申し訳ありませんと」

彼女の心は千々に乱れていた。そのせっぱ詰まった気持を顔に出さないでいるのは、至難の業だった。

「私も残念です。お父さんと一度ぜひお話がしたかったのですが」とハークライト氏は言った。「ところで、君のお父さんはおいくつになられますか、お嬢さん？」

「よくは知りません。もう三十八くらいじゃないかと思います」

「三十八といえばそんなに年じゃない」と彼は抗議した。「君のお父さんはまだまだお若いんじゃないですか？」

「ええ、父は若々しいし、それにとっても真剣な人です」そして彼女は口ごもった。

「続けて」とハークライトは言った。「お父さんのことをもっと話して下さい。この煙草を吸い終わったら、解放してあげますから、お勉強をしていらっしゃい。でも風邪がうつるかもしれないから、お父さんの部屋にはしばらく入らない方がよかろうと思いますよ」

「そうしますわ」

「君はお父さんのことが好きなんですね？」

「ええ——誰もが父のことを好きです」

「お父さんはよく出歩かれるんですか？」

「そんなに出歩く方じゃありません——でも外に出ることは出ます。週に一度は母の見舞いに行きます。それから私がベッドに入ったあと、半時間ばかり散歩をします。私がベッドに向かうと、外に散歩に出るんです。父が帰ってきて、ドアを開ける音が聞こえると私は声をかけます。ポワ・ディール・ボン・ソワール（おやすみを言うために）」

「君はフランス語を話すんですね？」

彼女はうっかりフランス語を口にしてしまったことを後悔した。でもきちんと返事をした。「はい、私はフランスで育ちました」

「お父さんもそうなのですか？」

「いいえ、父は根っからのアメリカ人です。フランス語もちっともうまくないし」

ハークライトは立ち上がった。そして理屈なんか抜きに決断を下した。

「お父さんに伝えて下さい。あなたのところとこれから取引きをしていきたいと。それを聞いたら、お父さんは元気も出るんじゃないかな。『パンナム・テックス』、その名前をくれぐれも忘れないようにね。そう言えばわかると思いますよ」

Ⅶ

再び春が巡ってきた。二人は動物園の中を歩いていた。

「ずいぶん厳しい一年だったよ、ジョー」

「わかってるわ、お父さん。でも孔雀たちを見てよ！」

「これは君にとって良い教育になったよ、ジョー。まさにうってつけの人生教育だった。あとになれば、その意味が君にもわかるだろう」

「私たちにとっては辛い時期だったのね。でもいろんなことがちょっとずつ良くなってきたじゃない。そうでしょ？　孔雀たちを見てよ、お父さん《モン・ペール》。あのひとたち、くよくよなんかしていないわよ」

「じゃあベンチに座って、孔雀でも眺めるとしようか」

ジョーはしばらくのあいだ無言でそこに座っていた。それから言った。

「私たちはかつては孔雀だった。そうよね？」

「なんだって？」

「あのひとたちだって時には辛い思いをしたり、哀しい思いをしたりするのよね。尾がうまく生え揃わないようなときには」

「おそらくね。ところで来年はどの学校に行きたい？　どこでも好きなところに行けるんだよ」

「学校なんてもうどこだっていいような気がする。あの孔雀を見てよ。ほら、見てちょうだい！　檻の外をつつこうとしてるひと。私はあのひとが好き。お父さんは？」

ジェイソンは言った。「しかしこうして考えてみれば、それほど悪い年ではなかったのかもしれないな」

「なんて言ったの？」ジョーは檻の前で鳥に殻つきピーナッツを食べさせようと無駄な努力をしていたのだが、父親の方を振り返って尋ねた。

「くよくよと考えるのはよした方がいいわよ、お父さん。もう何カ月も前にそれは片が付いたじゃないの。お母さんも来週には家に戻ってくることだし。私たちはまたそのうちに、きれいな三羽の孔雀になれるかもね」

ジェイソンは金網の方に近づいていった。

「孔雀には孔雀なりの問題があると思うけれど」

「そうかもしれないけど。ほら、お父さん！　このひとったら、ポップコーンを食べたわよ」

失われた三時間

Three Hours Between Planes

いちかばちかの思いつきだったが、やってみようとドナルドは心を決めた。やっかいな仕事を片づけたあとの解放感から、彼の体は何かを求めてうずいていた。ちょっとした気分転換だってたまには必要じゃないか。

飛行機が着陸し、彼は中西部の匂いのする夏の夜に足を踏み出す。そして人気のないプエブロ造りの空港ビルに向った。まるで昔の赤れんが造りの鉄道駅みたいに素気ない建物だ。彼女は果して生きているのだろうか、そしてまだこの街に住んでいるだろうか、姓は？　彼には何ひとつわからない。たかぶる気持を抑えながら電話帳を繰る。彼女の父親の名前を捜すわけだが、その父親とてこの二十年のあいだに亡くなってしまったかもしれない。

いや、あった。ハーモン・ホームズ判事、ヒルサイド３１９４。

電話には女が出た。そして彼がナンシー・ホームズについて尋ねると、楽しそうな声の答えが返ってきた。

「ナンシーは今はウォルター・ギフォード夫人になっていますが。どちら様でしょう？」

ドナルドは返事もせずに電話を切った。知りたかったことは聞いてしまったわけだし、彼に与えられた時間は三時間しかなかった。ウォルター・ギフォードという名前に心あたりはない。彼は次なる手がかりを求めて、再び電話帳を繰り始めた。ひょっとして彼女は結婚して街を出ていったのかもしれない。

いや、大丈夫。ウォルター・ギフォード、ヒルサイド１１９１。指先に血が逆流する思いだ。

「もしもし」と相手が出る。

「もしもし、ギフォード夫人をお願いしたいのですが。彼女の古い友人です」

「私ですが」

心を揺らせるあのなつかしい魔法の声。でもそれはただの思い入れなのだろうか？

「僕はドナルド・プラント、十二の歳に会ったきりだけれど」

「ああら！」と彼女は言った。その声には驚きと相手を傷つけまいという配慮がうかがえたが、喜びまでは感じられなかった。思い出せぬ風でもある。

「ド、ド、ド、ドナルドね！」と彼女はことばをついだ。今度の声にはぼんやりとした記憶の底をさぐるという以上の響きが感じられた。

「……いつ街に帰ってらしたの？」それから心をこめて、「今どちらにいらっしゃるの？」

「空港に降りたばかりさ。でもほんの二、三時間しか居られないんだ」

「あら、こちらにいらっしゃいよ」

「もう寝るところじゃないのかい？」

「まさか、まさか」と彼女は叫んだ。「一人でハイボールを飲んでたの。タクシーの運転手に名前を言えばわかるから」

タクシーの中でドナルドはその会話をゆっくりと思い起こしてみた。「空港ビルにいる」という自分の科白は社会的地位の高さを物語っているはずだった。ナンシーが一人でいるというのは、彼女が誰にも相手にされぬような魅力のない女になってしまったことを意味しているのではあるまいか。夫はどこかにでかけたか、それとも眠ってしまったのかもしれない。ハイボール？　夢の中ではナンシーはいつも十歳の少女だったので、ハイボールということばは彼を少々どきりとさせる。それでもドナルドは微笑みながら自らを修正した。おいおい、彼女だってもうかれこれ三十なんだぜ。

カーブした通りのつきあたりに、灯りのついた家の戸口が見え、黒い髪の女がグラスを片手にその前に立っていた。小柄な美しい女だった。本当に彼女を目の前にしているることが、ドナルドには信じられない。タクシーを降りて、声をかける。

「ミセス・ギフォード？」

彼女はポーチの灯りをつけ、ためらいがちにじっと彼を見つめる。やがて当惑した表情が微笑に変っていった。

「ドナルド、あなたなのね。お互いさまだけど、すっかり見違えちゃったわ。でもなんて素敵なんでしょう」

家に入るまで二人は何度も「本当に久し振り」を繰り返した。ドナルドは胃が重くなってくるのを感じた。ひとつには二人が最後に会った時の苦い思い出のためだ。ナンシーは彼には目もくれずに自転車で走り去っていったのだ。もうひとつは二人のあいだに語るべき話題が何ひとつないのでは、という怖れのためだ。大学の同窓会に出るのと同じ気分だった。いや、大学の同窓会の方がまだましかもしれない。過去を見出そうとする試みが失敗に終ったとしてもドンチャン騒ぎで紛らしてしまうという手もあるからだ。やれやれ、実りのない長い一時間になるかもしれないな、と彼は思う。それで思いあまってやけっぱちに切り込んでみた。

「君は昔からとても可愛い女の子だったけれど、こんなに美人になるとは思わなかったな」

その科白はうまく効いた。お互いがこれほど様変りしてしまったからには、子供時代の話をもちだしても気づまりなだけだろう。そのことにどちらも気がついていた。そして彼のその思い切った賞賛は、二人の再会を興味の持てそうな初対面の男女の出会いへと方向転換させた。

「ハイボールお飲みになる」と彼女が尋ねた。「いらない？　ねえ、私がいつもこっそりお酒を飲んでいるなんて思わないでね。今夜はなんだか憂鬱だったのよ。主人が帰ってくるはずだったんだけど、二日ばかり仕事がのびたからって電話があったものだから。とても良い人なのよ、ドナルド。そしてとてもハンサム。あなたに外見やタイプが似てるわ」そこで彼女はことばをつまらせた。「ニューヨークに誰か好きな女《ひと》がいるのよ、きっと……そんな気がする」

「君みたいな素敵な人がいるのに、まさか」とドナルドは彼女を励ますように言った。「僕の結婚生活は六年ばかりのものだったが、一度だけ僕も妻に対する疑いにさいなまれたことがあった。でもね、ある日決心したんだ。もう二度と嫉妬になんかわずらわされるまいってね。妻が死んでしまってから、そう決心してよかったと思ったよ。おかげで素敵な思い出だけが残ったわけだものね。何ひとつ傷つけられず損われず、辛い思いも残らなかった」

ドナルドの話を聞きながら、彼を見つめる女の目は思いやりを増し、同情心を浮かべていった。「お気の毒に思うわ」そして少し間を置く。「あなたもすっかり変ったわね。ねえ、あちらを向いて。父があなたのことこんな風に言ってたわ。『あの子には脳味噌がある』ってね」

「おいおい、それを信じたわけじゃないんだろう?」

「そうね、感心したわ。だってその時までは脳味噌なんて誰にでもあるものと思っていたんですもの。だから今でもそのことをよく覚えてるの」

「他にはどんなことよく覚えてる?」彼は笑いながらそう質問した。

ナンシーは突然立ち上がり、足早に何歩か彼から離れた。「いやねえ」ナンシーはとがめるようにそう言った。「そんなのずるいわ。だって私、とてもおてんばだったでしょう?」

「そんなことないさ」と彼はきっぱりと言った。「とにかくお酒でも頂こうかな」

ドナルドのグラスに酒を注ぐあいだも彼女は顔をよそに向けていた。彼は話しつづける。

「あの歳で誰かにキスされたのは君くらいのものじゃないかな?」

「やっぱりその話？」と彼女は言う。顔が一瞬苛立ちの色を浮かべるが、すぐにほころぶ。「まったくもう！　でも本当に楽しかったわ。まるで歌の文句みたいに」

「橇すべり」

「そう……、それから誰かと一緒のピクニック、トルーディー・ジェームズだっけ？　それに夏のフロンテナック、何度も行ったわ」

彼がいちばんよく覚えているのはなんといっても橇すべりだった。片隅のソラの中で彼女の冷たい頬に口づけしたっけ。彼女は冷たい白い星に向けて笑い声を上げていた。隣りのカップルが背を向けていたのを幸い、ドナルドは彼女の細い首や小さな耳に唇をつけた。でも唇にだけはキスできなかったな。

「それからマックの家のパーティーもあったね。みんなで郵便局ごっこをしたんだが、僕はおたふく風邪で行けなかった」

「覚えがないわ」

「だって君は行ったじゃないか。そこで誰かにキスされたんだ。おかげで僕は嫉妬で気が狂いそうだった。あとにも先にもあんな気持ははじめてだったよ」

「変ね、思い出せないわ。どうしても。忘れてしまいたかったからかしら？」

「冗談だろ？」と彼はおかしそうに言った。「僕たちは本当に無邪気な子供だった。

ねえナンシー、妻に昔話をする時にはいつもこう言ったものだったよ。君を好きなのと殆んど同じくらいナンシーが好きだったんだってね。でも本当は全く同じくらいだったと思うよ。街を出ていく時も、君のことを心の中に大砲の弾丸みたいに抱えていったんだよ」

「あなたはそんなに……私に夢中だったの？」

「もちろんさ。僕は」そう言いかけて彼は自分とナンシーがたった六十センチばかりの距離を隔てて向いあっていること、そして自分があたかも現在ナンシーに夢中になっているかのようなしゃべり方をしていること、彼を見上げているナンシーの唇がかすかに開かれ、その瞳がうるんでいることに気づいた。

「やめないで」と彼女は言った。「こんなこと言うのは恥かしいけど、もっと聞いていたいの。あの頃、あなたがそれほど私に夢中だったなんて知らなかったわ。だって夢中だったのは私の方だったのだもの」

「君が！」彼は思わず叫んだ。「君はドラッグストアで僕に肘鉄をくらわせたんだぜ」彼は笑った。「僕に向って舌だって出したじゃないか」

「覚えてないわ。肘鉄をくわせたのはあなたの方じゃなかった？」彼女は軽く、まるで慰めるように彼の腕に手を触れた。「二階にアルバムがあるの。長いあいだ見たこともないけれど、ひっぱり出してくるわね」

　五分ばかりそこに腰を下ろしたまま、ドナルドはふたつの思いにとらわれていた。何故人々はひとつの事柄をそれぞれに食い違ったまま胸に抱きつづけるのだろう——そんなことが起こるなんて、彼にはうまく呑み込めない。それがひとつ。もうひとつは、ナンシーが以前、幼い少女として彼の心を動かしたのと同じように、成熟した女として今彼の心を強く揺さぶっているということだ。この三十分のあいだに彼の心はたかまっていった。それは妻と死にわかれて以来味わったことのない想いであり、できればもう二度と味わいたくないと思っていた想いであった。

　二人は長椅子に並んで座り、アルバムを眺めた。ナンシーは幸せそうに微笑みながら彼を見つめた。

「本当に素敵」と彼女は言った。「あなたが私のことをそれほど思いつづけていてくれたなんて夢みたいだわ。あの頃にあなたのそんな気持が私にわかっていればねえ……。だって、あなたがいなくなってから、ずっとあなたのこと恨んでたのよ」

「うまくいかないものだな」と彼は優しく言った。

「でも結局はわかりあえたじゃない」彼女はドナルドを見つめる。そして衝動的に口にする「さあキスして仲直りを……」

「……こんなの、貞淑な妻のやることじゃないわね」一分ばかりあとで彼女が口を開いた。「誰か他の人とキスしたなんて、結婚以来ほんとにはじめてのことなのよ」

彼はたしかに興奮してはいたが、それでも当惑の方がかっていた。俺が今キスした相手はいったい誰なんだ？　ナンシー？　それともただの思い出？　それとも身を震わせあわてて目をそらせるようにアルバムのページをめくっている、さっき会ったばかりのこの美しい女？

「ちょっと待って！」と彼は言った。「写真を見るどころじゃなかったから、もう少しゆっくり」

「もうあんなことしないわ。私だってなんだかおかしくなってしまいそう」

ドナルドは深い意味をこめたことばをするりと口にした。

「ねえ、どうだい？　僕たちがまた昔みたいにあつあつになるっていうのは？」

「やめて」と彼女は笑って言った。それでも彼女の息はひどく乱れていた。「さっきのことはさっきのこと。あれはおしまい。もう忘れなきゃ」

「御主人には言っちゃだめだよ」

「どうして？　彼にはたいていなんでもしゃべるわ」

「まずいよ、それは。男には聞かせちゃいけないこともあるんだ」

「わかったわ。じゃあ言わない」

「もう一度キスして」彼は駄々をこねるようにそう言い張ったが、ナンシーはアルバムのページをめくり夢中になって一枚の写真を指さした。

「ほら、あなたよ」と彼女は叫んだ。「ちゃんといるじゃないの！」

彼も写真を見た。半ズボン姿の少年がヨットをバックに埠頭に立っている。

「この写真を撮った日のこと、よく覚えてるわ」彼女はそう言って得意気に笑った。

「本当はキティーが撮ったんだけど、私が盗んだの」

一瞬、ドナルドは写真の中に自分がいないような気がした。まさか——。身をかがめて顔を近づける。どう見ても彼はそこにはいない。

「これは僕じゃない」とドナルドが言った。

「あなたよ。フロンテナックで撮ったんじゃない。あの夏——ほら、よく一人で洞窟に行った夏のことよ」

「洞窟？　さっぱりわからないな。僕はフロンテナックには三日しかいなかったんだぜ」彼はそのかすかに黄ばんだ写真をもう一度目をこらして見た。「それにこれは僕じゃない。ドナルド・バワーズだ。僕にちょっと似てたけど」

彼女はドナルドをまじまじと見つめた。体をうしろに反らせ、彼から離れていくような体勢をとりながら。

「でも、あなた、ドナルド・バワーズでしょ?」、彼女はそう叫んだ。その声は幾らかうわずっていた。「いや違う。ドナルド・プラント、そうね」

「電話でそう言ったはずだよ」

彼女は立ち上がった。顔にはかすかな恐怖の色が浮かんでいた。

「プラント! バワーズ! 私、どうかしてたんだわ。お酒のせいかしら? 顔を見たとたんにごちゃごちゃになってしまったのね。ねえ、私、何か変なこと言わなかった?」

彼はアルバムのページをパラパラと繰りながら、修道士のような平静さを装おうと努力した。

「変なことなんて言ってないさ」と彼は言った。彼の含まれていない写真が目の前で、形作られ、それからまた新しく作りなおされた。フロンテナック、洞窟、ドナルド・バワーズ、「肘鉄をくわせたのはあなたの方よ!」

部屋の向こう側からナンシーが口を開いた。

「この話はぜったい誰にもしないで」と彼女は言った。「噂はすぐに広まってしまうのよ」

「噂になるほどのことでもないじゃないか」彼はそう口ごもった。そして心に思う。彼女はやっぱりはすっぱな少女だったんだ、と。

そして突然彼の心の中にドナルド・バワーズ少年に対する激しい嫉妬の念が湧き起こった。それは何年も前に彼が縁を切ってしまったはずの感情だった。彼は五歩で部屋を横切り、その足で二十年という歳月とウォルター・ギフォードの存在を踏みつぶした。

「もう一度キスしてくれないか、ナンシー」彼はそう言って彼女の座った椅子のわきに片膝をつき、手を彼女の肩にのせた。しかしナンシーはぴくりと体を引いた。

「飛行機にお乗りになるんでしょ？」

「いいんだ。乗り逃がしても、べつにかまわない」

「もう、行って下さらない」彼女の声は冷ややかだった。「おねがい、私の気持を察してちょうだい」

「でも君は僕を覚えてもいないみたいじゃないか」彼はそう叫んでいた。「ドナルド・プラントのことなんて記憶にないみたいだ」

「いいえ、あなたのことも覚えてるわ。……でも何もかもがずっと昔に起こったことなのよ」彼女の声が再びこわばる。「タクシーの電話番号はクレストウッドの８４８４よ」

タクシーの中でドナルドは首を左右に振った。彼はもうすっかり冷静さを取り戻してはいたが、その夜に起こったことが自分の中でまだうまく収まっていなかった。飛行機が轟音とともに暗い夜空に舞い上がり、乗客たちが眼下にある組織だった世界から離れた存在になっていくとき、彼はその飛行という現実から、ある種の類比を引き出した。その目もくらむ五分のあいだ、彼は意識を引き裂かれたもののように二つの世界を同時に生きた。彼は十二歳の少年であり、また同時に三十二歳の大人でもあった。そしてその二つは離れがたく、手のほどこせないほど混じりあっていた。

飛行機を乗り継ぐ数時間のあいだにドナルドは、実に多くのものを失った。でも、人生の残り半分なんて、結局はいろんなものを切り捨てていくための長い道のりに過ぎないのだ、と彼は思う。たぶん、そこには意味なんか何もないのだろう。

アルコールの中で

An Alcoholic Case

I

「さあ、それを離しなさい！　お願いだから、止して。もう飲まないで！　酒壜をこっちに渡しなさい。さっきも言ったように私はずっと起きているし、飲みたくなったらそのたびに少しずつ飲ませてあげるから。そんなことしてたら、家に帰ったときにはひどいことになってるわよ。だからもう止して。さあ、こちらにちょうだい。……じゃあ、壜に半分だけ残してあげる。ね、お願い。カーター医師《せんせい》だっておっしゃったでしょ、私が徹夜で付き添っていて、少しずつあなたに飲ませてあげるの。それが気に入らないんなら、壜に幾らか残してあなたに渡すわ。……さあ、言うことをきいて。私、もうくたくたよ。こんなことを一晩中続けてるわけにいかないでしょう……そう、わかったわ。好きになさい。好きなだけ飲んで死んでしまいなさい」

「ビールでも飲まないか？」と男が訊ねた。

「ビールなんて結構よ。ああ、いやだ、あなたが酔っ払うところをまた見なきゃならないなんて」

「それじゃあ、コカコーラでも飲むとしよう」

若い女はあえぎながらベッドに腰を下ろした。

「あなたは何も信じないの？」と彼女は訊ねた。

「君が信じているようなものは何もね。……ああ、やめてくれ……こぼれちまうじゃないか」

私には無理なんだ、と彼女は思った。この人を助けることなんて、私にはできやしない。二人はもう一度揉みあったが、今度は彼の方が座り込み、両手で頭を抱えた。しばらくその状態が続いた後、彼は再び彼女に摑みかかろうとする。

「もう一度やるつもりならこんな壜、割ってしまいますからね」と彼女は慌てて言った。「本当よ――バスルームのタイルに叩きつけるから」

「そして僕が踏みつけて足を切る――いや、君の方かな」

「ならもう止して――何をするの、約束したでしょ――」

その瞬間、彼女は酒壜を落とした。酒壜は魚雷のように彼女の手から抜け、赤と黒のラベルを光らせながら床を転がった。「サー・ギャラハド、ルイヴィル蒸溜ジン」

とラベルにある。男はその罎の首を摑むと、開いたドアからバスルームに投げ込んだ。数刻ののち、沈黙が部屋を覆っていた。バスルームの床にはガラスのかけらが散らばったままだ。彼女は『風と共に去りぬ』のつづきを読んでいた。遥か昔に起こった美しい出来事の数々……。そうだ、あの人はバスルームに行こうとして足を切りはしないだろうか？　彼女はふと不安になり、何度も目を上げて、彼がバスルームに行く気配のないことを確かめる。たまらなく眠い……最後に目をやった時、彼は泣いていた。その姿は、かつてカリフォルニアで看護したユダヤ人の年寄りを彼女に思い出させた。そういえばあの老人の場合は、しょっちゅうバスルームに通わなくちゃならなかったわね。

「もしこの人がいけ好かない人なら、こんな仕事、すぐにでもやめちゃったんだけれど」と彼女は思う。とにかく今回の仕事にははじめから、気持を暗くさせるものがあった。

しかし彼女は気をとりなおして立ち上がり、バスルームのドアの前に椅子を据えた。今にも眠り込んでしまいそうだ。イェール対ダートマスのフットボール・ゲームの結果が載った新聞を買ってきてくれ、と朝早く起こされたせいだ。それから一度も家に戻れなかった。午後には彼の親戚が一人訪ねてきて、彼女はそのあいだすきま風の吹き込むホールで、制服の上に羽織るセーターもなしに待っていなければならなかったのだ。

深く眠り込んでしまった男のために、彼女はできるだけのことはした。書きもの机につっぷした彼の肩にローブをかけ、もう一枚を膝にかけた。彼女も揺り椅子に腰を下ろしはしたが、眠気はもうすっかり去っていた。診察表に書き込まねばならぬ事項はたくさんある。彼女はそっと歩きまわって鉛筆を見つけ、書き込みを始めた。

脈搏　一二〇

呼吸数　二五

体温　三六・七——三六・九——三六・八

所見——

——さてさて、何と書けばいいものやら、

「ジンの壜を奪い取ろうとした後、壜を投げ捨てて割る。患者は扱いがむずかしい」

彼女はその文章をわかりやすく訂正する。

「奪いあう途中で壜は落ちて割れた。患者は概して扱いがむずかしい」

そして彼女は看護報告の一部としてこう付け加えかけた。「アルコール中毒患者の仕事は以後お引き受け致しかねます」。でもそんなことを書いてどうなるものでもない。私は何があろうと朝の七時に目を覚まし、彼の姪が起き出す前に部屋をきれいに片づけるだろう。みんなゲームの一部なのだ。それでも椅子に腰を下ろし、彼のぐったりした青白い顔を眺めて呼吸の数を再び測っていると、何故こんなことになってしまったのかわけがわからなくなってしまう。昼間はあんなに優しい人だったのに。四コマ漫画をひとつ冗談で書き上げて、私にくれたくらいだもの。額に入れて、自分の部屋に飾るつもりだったのに。彼の痩せこけた手首を握っていると、自分の手首に摑みかかってきたあの感触がよみがえってきた。彼が口にしたあのひどい言葉も。そういえば昨日、先生があの人にこんな風におっしゃってたっけ。

「あなたはこんなつまらんことをやっているような人じゃないはずだ」

彼女は疲れきっていたし、バスルームの床に散らばったガラスを拾い集めるのはできればあとまわしにしたかった。彼が安定した寝息を立てはじめるのを待って、そのままベッドに運び込んでしまいたかったせいもある。いや、だめだ、やはり早いうちに片づけておかなくちゃ。彼女は床にかがみ、ガラスのかけらをひとつひとつ拾い集めながら、何故私がこんなことをしなくちゃならないんだろう、と思う。それに何故あの人がこんなことをしなくちゃならないのだろう？

彼女は腹を立てて立ち上がり、男の方を見た。その横顔のほっそりとして端整な鼻からは、軽いいびきとため息が聞こえてくる。その音はうつろで物悲しい。医師はあきらめたように首を振っていた。私の手に負えるような相手じゃない。だいいち看護婦紹介所の登録カードには「アルコール中毒はお断りします」と書かれているはずだ。それは先輩の忠告に従ったことだった。

やるべき仕事はすべて片づけたものの、結局彼女の頭に残っているのは、自分が彼に対して思わず投げつけてしまった一言だけだ。二人でジンの壜を奪いあいながら部屋中をとっくみあっている最中に、彼女はドアに肘をぶつけてしまった。大丈夫かい、と彼は一瞬手を引いて訊ねた。

「あなたがご自分のことをどれほど偉いと思ってるかしらないけど、みんながあなたのことを陰でなんて言ってるかご存じ？」彼女はそう言った。しかし口に出したとたんに、いや、この人はずっと前からそんなこと気にかけてもいないんだ、と悟ることになった。

ガラスのかけらは残らず拾い集めたが、念のために箒を持ち出しながら、彼女は不思議な気持になる。どうしてこうもかけらが少ないんだろう？　私たちがあの一瞬にふとお互いを見つめあったちっぽけなガラス窓にも及ばないくらいだ。私たちはお互いにほとんど何も知らないというのに。この人は私の姉のことも知らないし、もう少しで結婚するところだったビル・マーコウのことも知らない。私だって、この人がこんな惨めな境遇に落ち込むことになった理由を知らない。彼の書きもの机の上には写真がかけてある。若い奥さんと二人の坊や、それにおそらくは五年前の彼自身、ハンサムで身なりもきちんとしている。なのにどうしてこんなひどいことに？　彼女はガラスで切った指に包帯を巻きながら、これから先、アルコール中毒患者の仕事は一切引き受けまいと思う。

II

翌日の夕刻早く、彼女はバスに乗った。ハロウィーンで、浮かれたどこかの悪戯小僧がバスの窓ガラスを割ったらしく、彼女は怪我をしないようにと後方の黒人専用席までさがり、そこに腰を下ろした。小切手は受け取っていたが、こんな時間に現金化できるわけもなく、ペニーとクォータ一枚ずつというのが、彼女のハンドバッグに入った全財産だった。

ミセス・ヒクソンの紹介所のロビーには顔見知りの看護婦が二人、順番を待っていた。

「あんたどんな仕事してたの？」

「アルコール中毒患者よ」と彼女は言った。

「そうそう、グレタ・ホークスがそんなこと言ってたわね。フォレスト・パーク・インでホテル住まいをしている漫画家でしょ？」

「そうよ」

「噂じゃ、かなりずうずうしいってことだけど？」

「べつに変なことは何もされなかったわ」と彼女は嘘をついた。「あの人、拘禁されているわけでもないし、そんな風に言わなくても――」

「あらあらご免なさい。ただね、まあそういう噂だってこと。看護婦相手にいちゃつきたいって人も多いからね」

「もう止してよ」彼女はそう言いつつ、自分の中に湧き上がってくる腹立たしさが意外だった。

やがてミセス・ヒクソンが姿を見せ、他の二人に待つように言うと、彼女に向って入りなさいと手で合図をした。

「あんたのような若い子にはあまりこういう仕事をやらせたくないの」と彼女は切り出した。「ホテルからの連絡はちゃんと受けとったから」

「いえ、ヒクソンさん、そんなにひどくはなかったんです。あの人だってわかってやったことじゃありませんし、だいいち怪我もしていないんですから。変な評判でも立って、こちらにご迷惑をおかけしてはと思っただけなんです。あの方、昨日なんて私にとても親切にして下さいました。私のために漫画だって――」

「あたしはね、もともとあんたをあそこにはやりたくなかったのよ」ミセス・ヒクソンは登録カードを指で繰りながらそう言った。「今度は肺結核の患者さんでどうかしら？　そうそう、それがいいわ。ほら、これなんていいんじゃない――」

電話がせわしなくベルを響かせた。ミセス・ヒクソンがはきはきとした声でそれに応じるのを、看護婦はじっと聞いていた。

「ええ、やるだけのことはやります――それはまったく医師《せんせい》次第ですよ……それは私どもの管轄外のことですからね……、あら、こんちは、ハッティー、ううん、今は駄目よ。ねえ、ところでアル中を扱える子、おたくにいるかしら？　フォレスト・パーク・インに一人まわさなくちゃならないのよ。じゃあ、あとで連絡してちょうだい」

彼女は受話器を戻すと看護婦に向きなおった。

「じゃあしばらく外で待っててちょうだい。ところでどんな男だったの？　変なことでもされなかった？」

「私の腕を摑んで払いのけるので、注射ができませんでした」

「ふうん、病人のくせに元気いっぱいってわけね」ミセス・ヒクソンはぶつぶつとそう言った。「そういう連中は療養所に入れちまえばいいのにね。あんたの次の仕事はすぐに見つけてあげるわ。少しゆっくりできるようなやつよ。おばあさんの患者で――」

また電話が鳴る。「やあ、ハッティー……あら、そうなの……それじゃ、あの大柄なスヴェンセンって娘は？ あの娘ならアル中だって扱えるでしょ？……ジョゼフィン・マーカムはどうなの？ 彼女はあんたのアパートに住んでるんじゃないの？……ええ、電話に出してみてよ」しばらく間がある。「ねえ、ジョー、あんたフォレスト・パーク・インに住んでる有名な漫画家に付いてくれないかしら？ 漫画家《カートゥニスト》だか、画家《アーティスト》だか、なんて呼べばいいのか知らないけど……いや、それがわかんないのよ。でもカーター医師《せんせい》が受持ってられて、十時頃には往診なさるんだけど」

長い間があり、ミセス・ヒクソンはぽつぽつと口をはさんだ。

「ええ、ええ……そりゃそうよね。言ってることはよくわかるわよ。うんうん、でもね、そんなに危険ってわけじゃないの。少々扱いづらいってだけ。ただね、場所がホテルでしょ、面倒なことになるのがいやだから若い娘《こ》たちをやりたくないの。……いいわ、他をあたってみる。あまり時間はないけど、なんとかしてみるわ。ううん、いいのよ。どうもね。そうそう、あの帽子がネグリジェに合うといいんだけどって、ハッティーに伝えといて……」

ミセス・ヒクソンは電話を切ると、目の前のメモ用紙に何ごとかを書き込んだ。彼女はきわめて有能な女性だった。自らもかつては看護婦であり、それもいちばんつらい現場を経験してきていた。そしてまた、誇りを持ち、理想に燃え、過酷な仕事に耐える見習生でもあった。意地の悪い拘禁患者の悪態や、駆けだしの看護婦に対する患者たちの横柄な仕打ちにも耐えてきた。彼らは若い看護婦を、未成年犯罪を犯し、罰として老人の世話をするために施設に送りこまれてきた娘のように扱っていた。彼女は突然机を背に向きなおった。

「さあて、今度はどんな患者さんがいいかしらね？　さっき言った感じのいいおばあさんなんて――」

看護婦の茶色の目はさまざまな思いにきらめいていた。つい最近観たばかりのパストゥールの伝記映画や、看護学生だった頃にみんな読んでいたフロレンス・ナイティンゲールについての本にあった情景が頭の中で絡みあっていた。みんな誇りを持っていたわ。私たちはフィラデルフィア総合病院の寒い通りを意気揚々と歩いたものだ。

新しいケープが、社交界入りする女の子たちがデビュー舞踏会のホテルの会場に着ていく毛皮のコートと同じくらい誇らしかったっけ。

「私……、もう一度あの患者さんについてみたいんです」、鳴りつづける電話のベルの合間をぬって、彼女はそう口に出した。「他の人が見つからないようなら、今からでも戻ります」

「でも、さっきまではもうアルコール中毒患者の仕事はやりたくないってことだったでしょ？　急にどうしたっていうの？」

「私、むずかしく考えすぎていたのかもしれません。うまくやれそうな気がしてきました」

「それならそれで構やしないけど、もし彼があんたの手首を摑んだらどうするつもり？」

「大丈夫ですわ」と看護婦は言った。「私の腕をご覧になって。ウェインズボロ高校では二年間もバスケットボールをやっていたんですよ。あの人くらいならどうにでも扱えますわ」

ミセス・ヒクソンはまじまじと彼女の顔を眺めた。「わかったわ」と彼女は言った。「ただね、これだけは覚えておいてね。アルコール中毒患者が酔っ払った時に口にする言葉は、決して素面《しらふ》の時のその人の本心じゃないってことをね。私はいやってほどそういうのを見てきたわ。それから、困った時にはすぐに助けを呼べるようにホテルの従業員の一人に頼んでおきなさい。どんなことが起こるかは誰にもわからないから。確かに感じのいいアル中患者もいるし、そうじゃないのもいる。でもね、たいがいの場合みんな一皮むけば結局は同じなのよ」

「覚えておきます」と看護婦は言った。

外に出ると、夜は奇妙なほど澄みわたっていた。細かいみぞれの粒が青味がかった夜空に白い斜めの線を描き出している。バスは往きに乗ったのと同じバスだったが、割れた窓ガラスの数は前より増えているようだった。運転手は腹を立てて、どんな小僧だろうが、とっつかまえたらひどい目にあわせてやるといきまいていた。ほかのいろんな厄介事のせいもあるのだろう、と彼女は思う。ちょうど私がさっきまでアルコール中毒患者のことで思い悩んでいたように。私にしたところでホテルのあの続き部屋《スィート》に上がってみて、彼がまた手のつけられない状態になっているのを目にすればきっと怒りがこみあげてくるだろうし、また同時に気の毒にも思うだろう。

バスを降り、ホテルまでの長い階段を下りながら、ひやりとした空気の中で、彼女の気分は高揚した。私は誰もがやりたくない仕事を、誰もがやりたくないからこそやるんだ。看護婦の中でも、立派な人たちは誰もがやりたがらない仕事を進んで引き受けてきたんだもの。

　彼女は言うべきことを胸の中で整理してから、漫画家の仕事部屋のドアをノックした。

　ドアを開けたのは彼自身だった。彼はディナー・ジャケットを着こみ、ダービー・ハットまでかぶっていた。カフス・ボタンとネクタイだけがまだだった。

「やあ、君か」と彼は何ということもなさそうに言った。「よく戻って来たね。いま目が覚めて、外に出るところだったんだ。夜勤の看護婦は見つかった？」

「私が夜勤もやるんです」と彼女は言った。「二十四時間勤務することにしたんです」

　彼は愛想は良いが、心ここにあらずという微笑みを浮かべた。

「君が出ていくのは見ていた。でもね、何だかまた戻って来るんじゃないかって気もしてたんだ。ねえ、僕のカフス・ボタンを探してくれないか。鼈甲《べっこう》の箱に入ってるか、それとも――」

　彼は服を体になじませながら、袖口を上着の袖の中にたくしこんだ。

「君はもう手を引いたと思ったんだが」と彼はさりげなく言った。

「私もそのつもりでした」

「テーブルの上に、君のために描いてあげた漫画があるよ」と彼は言った。

「どなたにお会いになるんですか？」

「大統領秘書官にね」と彼は言った。「身仕度にすごく時間がかかったよ。出かけるのをあきらめようかと思ったところへ君が来てくれた。ねえ、僕にシェリー酒を注文してくれないか？」

「一杯だけですよ」と彼女はあきらめたように答えた。

まもなくバスルームから彼の声が響く。

「おお看護婦よ、看護婦よ、わが人生の光明よ、カフス・ボタンの片っ方はどこだ？」

「今、つけてあげますよ」

バスルームに入ってみると彼の顔は青白く、目が血ばしり、息にはペパーミントとジンの混じった匂いがした。

「なるべく早く戻って来て下さいね。十時にはカーター医師《せんせい》がいらっしゃるんですから」

「何を言ってるんだい。君も僕と一緒に来るのさ」

「私が！」と彼女は思わず叫んだ。「セーターとスカートで？　そんなみっともない」

「じゃあ、僕も行かないよ」

「だったら構いませんよ。ベッドに戻って下さい。そもそもはそこにいるのが本当なんですから。その方々にお会いになるのは明日ってわけにはいかないんですか？」

「いや、そりゃ駄目だ」

「なら、仕方ありませんわね」

彼女は彼の後にまわり、肩に手をやってネクタイを結んだ。せっかくプレスされたシャツも、カフス・ボタンをつけようといじくりまわされたおかげでくしゃくしゃになっていた。

「どなたか大事な方にお会いになるのなら、新しいシャツに替えた方がよくありません？」彼女はそう忠告してみた。

「いいとも、でもね、何にせよ一人でやりたいな」

「何故手伝っちゃいけないんですか？」彼女はムッとしてそう訊ねた。「どうして身仕度を手伝っちゃいけないのかしら？　看護婦の当然の仕事だし、だいいち私、それほど下手じゃないでしょ？」

彼は突然便器の上に腰を下ろした。

「わかったよ——やってくれ」

「手首を摑んだりしないで下さいね」そう言ってしまってから彼女は後悔した。「ごめんなさい」

「気にしなくていいさ。何を言われようと、何も感じない。今にわかるよ」

彼女は上着とチョッキと糊のきいたシャツをひきはなしたが、アンダーシャツを脱がせる際に彼は少し待ってくれと言って、煙草を吸った。

「いいかい、よく見ておきたまえ」と彼は言った。「いち、にい、さん」

彼女がアンダーシャツをひっぱり上げると同時に、彼は赤灰色になった煙草の火先を短刀のように心臓の上に押しつけた。火先は左の肋骨の上の埋め込まれたドル銀貨ほどの大きさの銅のプレートにうまくぶつかったが、飛び散った火花がお腹に降りかかって、「あちち」と言った。

冗談ごとじゃすませなくなった、と彼女は思う。あの人の宝石箱の中にはたしかに戦争の勲章が三つもあるけれど、私にしたところで、看護婦としていろんな危険を通り抜けてきたんだ。とりわけ結核、いや一度はもっとひどいものもあったわ。そうと知らされなかったもので、その時はわからなかったけれど、わかったあとでは教えてくれなかったその医師を許すことができなかった。

「それ、とてもつらいんでしょ？」彼女は彼の体をスポンジで拭いながら、平静を装ってそう訊ねた。「完治する見込みはあるんですか？」

「駄目だ。ご覧のとおりの銅板だからね」

「でもだから無茶をしていいってことにはならないでしょ?」

　彼は大きな茶色の目を彼女に向けた。鋭くはあるが、ぼんやりと途方に暮れた視線だ。彼がその一瞬、彼女に知らせようとしたのは死への願望だった。何をしたところでこの人を立ち直らせることはできない、と彼女は悟った。これまでのあらゆる訓練と経験がそう教えていた。彼は立ち上がり、洗面台にもたれかかって体をまっすぐにし、前方の何かをじっと見据えた。

「私がここにいると、あのお酒が飲めないってわけね」

　そう口に出してから、彼の視線の先にあるものが酒壜でないことに気づいて、彼女ははっとした。彼が眺めている場所は、昨夜彼が酒壜を投げつけたあの片隅だった。彼の弱々しく反抗的に見える整った顔をじっと眺めたまま、彼女はそちらにちらりとも目を向けることができなかった。彼の眺めているその片隅に立っているのが死そのものであることがわかったからだ。彼女も死というものを知らぬわけではなかった。耳に聞いたこともあれば、そのまぎれもない匂いをかいだこともある。しかし人間の体に入り込む前のそれを目にしたことは一度もなかった。この人はバスルームの片隅にいる死そのものを見ているんだ。そして死はそこに立って、弱々しい咳をしては唾をズボン吊りになすりつけているこの男を見つめているのだ。まるでそれが彼の最後の動作の証しであるかのように、ズボン吊りはこわばりながらひとしきり光っていた。

翌日、彼女はミセス・ヒクソンにそれを伝えようと試みた。

「どんなに一生懸命やったところで、それを打ち負かすことはできません。たしかにこの人は私の手をねじりあげ、くじいてしまうかもしれない。でも、それはたいしたことじゃありません。本当にたまらないのは横にいながら手をさしのべることもできないってことなんです。すべてが無益だということなんです」

マイ・ロスト・シティー

My Lost City

朝まだき、ジャージーの岸辺を離れ、静かに進みゆくフェリー・ボートがまずあった。

幼い日のその一瞬が結晶し、私にとってのひとつめのニューヨークの象徴となった。五年後、十五の歳に私は先生に連れられてニューヨークを訪れ、二本の芝居を観た。アイナ・クレアの『クェーカーの娘』、それにガートリュード・ブライアンの『リトル・ボーイ・ブルー』。その結果私は、二人の女優への報われる見込みのない、それ故にメランコリックな想いに囚われることになった。二人のうちのどちらかを選ぶなんて、無理な相談だった。選ぶことのできぬままに彼女たちは私の頭の中で混ざりこんで、ひとつの愛しい存在へと姿を変えていった。「夢の少女《ザ・ガール》」、ふたつめのニューヨークの象徴である。フェリー・ボートの意味するものは勝利、「夢の少女《ザ・ガール》」の意味するものはロマンスだ。ずっと後のことだがある時期、私はそのふたつをあるところまで手の中に収めることになった。しかし、そこには三つめの象徴があった。そして私はそれを何処かで永遠に見失ってしまったのだった。

　私が初めてそれを目にしたのは、五年ばかりあとの四月の、ある曇った午後のことだった。

「おーい、バニー〔アメリカの文学者エドマンド・ウィルソン（一八九五―一九七二）のこと〕」と私は叫んだ。「バニーったら！」

　私の声は耳にとどかなかったらしい。バニーの姿はタクシーに乗った私の視界から消え、再び彼を見つけたのは半ブロックばかり先だった。雨が舗道に黒い点を打ち始める中、彼はおなじみの茶色ずくめの身なりの上にタン皮色のレインコートを羽織り、人ごみをすいとかきわけていた。彼が手にした細身のステッキにはどきりとさせられた。

「バニー！」と私はもう一度どなってから、あきらめた。当時の私はまだ一介のプリンストンの学生であったのだが、その一方でバニーは既にいっぱしのニューヨーカーになりきっていた。降り始めた雨の中をステッキ片手にせかせか歩くというのが、つまりは午後の散歩というわけなのだろう。彼に会う約束の時間は一時間も先のことだったし、バニーが一人の時間を楽しんでいるところを邪魔するのは私の本意ではなかった。それでも我々の進む速度は同じようなものだったので、私はしばらくバニーを観察しつづけることになった。彼の姿は実に印象的であった。

バニーはもう、かつての内気で小柄なホルダー・コートの哲学者ではなかった。その歩きっぷりは見違えるばかりに堂々としたものだった。何かに思いをめぐらしつつも、目はじっと前方を見据えている。彼が新しい環境に満足しきっていることは明らかだった。バニーが三人の友人たちと共同でアパートを借りているという話は耳にしていた。学生時代の様々な束縛から解放されてのんびり、というわけなのだろうが、そのせいだけではないようにも思えた。彼に今ある活力を与えている何か、その新しい何かが私の心を初めて捉えたのである。メトロポリタン・スピリット、そう呼ぶことにしよう。

　その時まで私が眺めてきたニューヨークは、どうぞ御覧下さいとばかりに皿にのせてさしだされたニューヨークでしかなかった。私は田舎からはるばる出てきて熊の曲芸に見とれているディック・ホイッティントンか、パリのブールヴァールの光景にたまげているミディーの若者といったところだった。私はただただそのようなショウをぽかんと眺めつづけていたわけで、ウールワース・ビルディングの設計者やシャリオット・レース・サインのデザイナー、あるいはミュージカル・コメディーや問題劇のプロデューサーにとってこれほどうってつけの見物人もまたとはいなかったはずだ。私はニューヨークの持つスタイルや輝きを、実際以上に素晴しいものと思い込んでいたのだ。しかしかといって、大学生の郵便受けに時折入り込んでくる、差出人がよくわからないデビュー舞踏会《デビュー・ダンス・ボウル》への招待状に応じたことは一度もなかった。おそらく私は自分が胸に抱いていた光輝くニューヨークの像にはどんな現実もついてはいけないんだ、と感じとっていたのだろう。

それに加え、私がその当時おめでたくも「僕の恋人《マイ・ガール》」と呼んではばからなかった女性が中西部に住んでいたせいもあって、中西部こそが世界の暖かみの中心であり、ニューヨークは本質的にはシニカルで人間味に欠けた街であると勝手に決めつけていたのだ。もっとも彼女がニューヨークに立ち寄って、リッツ・ルーフを燦然と輝かせたあの夜だけは別だったけれど……。

しかし後日私は彼女を失い、今度はおちついた大人の世界を求めるようになった。あのバニーの姿が表象するニューヨークがそれであった。その一週間ばかり前、フェイ神父が〈ラファイエット〉に連れていってくれた。我々の前には料理が一枚の鮮かな旗の如く広げられた。オードヴル、というやつだ。我々はそれをつまみながらクラレットを飲んだ。バニーのあの自信に充ちたステッキの如くに雄々しき酒精、クラレット……。とはいえ、結局のところそれはただのレストランに過ぎぬわけだし、しかるべき時が来れば、我々はそこを出て車に乗り、橋を渡って後背地に戻っていくことになる。それ以来、〈バスタノビイ〉や〈シャンリイ〉、〈ジャックの店〉といった大学生の宴会向けのニューヨークに私はげんなりし始めた。もっともそういった店とすっぱり縁を切れるというものでもなく、時折は足を運ぶ羽目になる。しかしその度に私はアルコールの霧の中で、自らの手で裏切ってしまった理想の世界を想っては自己嫌悪に陥ったものだ。私たちの飲み方というのは乱痴気騒ぎよりは女の子めあてという方で、その当時を振り返ってみて気持の良い思い出というのが殆んど浮かんでこない。まったくのところアーネスト・ヘミングウェイが何処かで書いていたように、キャバレーの良いところなんてたったひとつしかない。つまりはひとりものの男が物わかりの良い女の子とお近づきになれる、とまあそれだけだ。それ以外には何もない。悪い空気の中で時間を浪費するだけのことだ。

しかしその夜のバニーのアパートでは全てが違っていた。そこでは人生は甘く安らかであり、私がプリンストンで愛したものの全てが、より洗練されたかたちをとっていた。ぎっしりと積み上げられた本の山をくぐりぬけるように部屋に入り込んでくるかすかな街のざわめきが、柔かなオーボエの響きと気持良く溶けあい、誰かが招待状の封を切るピリリという音がわずかにその調和を乱しているだけだ。この空気こそが、私にとっての三つめのニューヨークの象徴となった。私はそれ以来そんなアパートの家賃を想像したり、共同生活を送れそうな友人の名をリスト・アップして楽しんだものだった。

しかしものごとは順調には進まず、私はそれからの二年ばかり、囚人が自分の囚人服のデザインに文句をつけることができぬのと同様、運命の舵とりのかなわぬ境遇に身を置くことになった。とにかく一九一九年にニューヨークに戻った私の人生はひどく混み入ったものに変り果てており、ワシントン・スクェアの穏かなる隠遁生活の夢などどこかにあとかたもなく吹き飛んでしまっていた。今や当面の課題は、二人のためにブロンクスのいかにもパッとしないアパートの家賃を広告代理店の仕事で稼ぎ出すことにあった。しかしながら、私が想いを寄せていた女性はたしかにニューヨークの事情には不案内ではあったけれど、かといってそんな惨めったらしい生活に喜んで飛び込んでくるほどおめでたくもなかったので、私はやり場のない不幸と不安を胸に抱いたまま、忘れることのできぬ四カ月を送ることになった。

ニューヨークの街は世界の誕生を思わせるような虹色の輝きにむせていた。帰還した部隊は五番街を行進し、若い娘たちはそれにひきよせられるように、東と北にその足を向けた。アメリカこそが最高の国であり、そこかしこにお祭り気分が充ちていた。しかし私といえば土曜の午後になるとプラザ・レッド・ルームを幽霊みたいに彷徨《さまよ》ったり、あるいは東六〇丁目あたりのにぎやかで融通のきくガーデン・パーティーに顔を出したり、ビルティモア・バーでプリンストンの同窓生相手に深酒をやったりといった生活を送りつづけていた。しかしどのようにしても自分が辿りつつある人生の暗さを頭から追い払うことはできなかった。――あのうっとうしいブロンクスの部屋、混みあった地下鉄、アラバマからの彼女の手紙だけを待ち焦がれる毎日の我が身――手紙は来るだろうか？　そこには何が書かれているのだろうか？――私のみすぼらしい背広、私の貧乏、そして私の愛……。かつての友人たちが人生に向って優雅な船出をしようとしていた時期に、私は貧弱な小舟で荒々しい海流のまっただ中に乗り出そうとしていたのである。

〈クラブ・ド・ヴァン〉で若きコンスタンス・ベネットを囲んでいる金持の青年たちや、戦後初めての同窓会というわけでイェール・プリンストン・クラブに集って浮かれ騒いでいる級友たち、しばしば訪れることもあった富豪の屋敷のたたずまい――そんなものはもう何の意味も持たない。しかしそう思いながらも、私はそのような光景をうらやんだし、違った夢の世界にのめり込んでしまった自分を悔みもした。

どんなに愉快な昼食会も、夢のようなナイト・クラブも、もう私の心を酔わせなかった。私は振り切るようにクレアモント・アヴェニューの我が家に飛んで帰った。我が家か……、そう、ドアの前で待ちうけているかもしれぬ一通の手紙の故に、そこは我が家であったのだ。ニューヨークの輝かしい夢はひとつずつその色を失っていた。僅かに残っていたバニーのアパートの魅力も同様にかすんで消えてしまった。それは私がグレニッジ・ヴィレッジにあるアパートの、だらしのないなりをした女主人《おかみ》から部屋を借りようとした折りのことだった。女の子たちを部屋に入れたって構やしませんよ、と彼女は言った。女の子たちを部屋に入れても構わないだって！　私はすっかり落ちこんでしまった。ねえ、僕にはれっきとした恋人が一人居るんだぜ。

　私は一二七丁目通りの街並を、そのにぎやかさに腹を立てながらうろつきまわるか、あるいはグレイズ・ドラッグ・ストアで芝居の安い切符を買って、昔ながらのブロードウェイへの情熱に、たとえ数時間でもいいから我を忘れてしまおうと試みた。敗残者――それがまさに私だった。コピー・ライターとしての私は凡庸であり、かといって小説家としても無名である。私はニューヨークの街を憎み始めていた。ある時はわめき、ある時はすすり泣き、そして一セント残らず飲みまくってから家に帰ったものだった。

　……予測もつかぬ街、実にそのとおりだ。そのあとにやってきたのはあの華やかな時代にあってはありふれていたともいえる成功物語《サクセス・ストーリー》のひとつであった。しかしそれは私にとってのニューヨークという映画の重要なひとことまでである。六カ月後にニューヨークに戻った時、出版社はこぞって私のために戸口を開き、舞台監督は平伏して戯曲を所望し、映画界は作品の映画化を熱心に求めているという有様であった。驚いたことに私は中西部出の一人の青年としてではなく、また公平なオブザーバーとしてでもなく、ニューヨークが求めているひとつの典型として受け入れられたのであった。この事実を理解していただく為には、一九二〇年の当時におけるニューヨークという巨大都市の状況を説明しなければならないだろう。

たしかにその当時のニューヨークにも今日と変らぬ白亜の街並が高くそびえていたし、熱っぽい活気が充ち溢れてもいた。しかしながらそこには、何かしら「いわくいいがたい空気」がたれこめていた。例えばコラムニストのF・P・A．彼にしたところで他の誰にも劣らず大衆の、あるいは個人のそんな息づかいを察してはいたのだが、ガラス越しに、遠慮がちに、その光景を見ているという感はまぬがれなかった。社会とその固有の文化は一体化してはいなかったわけだ。エレン・マッケイとアーヴィング・バーリンはまだ結婚してはいなかった、そのように言い換えてもいいだろう。一九二〇年の平均的市民には漫画家ピーター・アーノの生み出すキャラクターは理解の範囲を越えたものであったかもしれない。そしてまた前述のF・P・Aのコラムを除けば都会っ子向けの記事なんて皆無という状況でもあった。

そんなところに突如「新しい世代《ヤンガー・ジェネレーション》」という観念が姿を現わし、ニューヨークの都市生活の様々な要素をひとつに溶かしこんでしまったのだ。五十代の年配者たちがどれだけ「上流社交界」の存在を信じ込もうとしたところで、マックスウェル・ボーデンハイムの如き人物がどれだけ文筆や画業を生かすボヘミアン社会の存在を説いたところで、時代の流れは変りつつあった。明るさ、華やかさ、生命力、そんな様々な要素が混じりあい、エミリー・プライス・ポストのかちかちに格式ばったディナー・パーティーよりは幾分自由闊達な社会がようやく出現し始めていたわけだ。この新しい社会がカクテル・パーティーという形式を生み出し、いわゆる「パーク・アヴェニュー風ウィット」なるものを盛り上げたということになるだろう。そしてここに至って初めて、ヨーロッパの知識人たちも、ニューヨークを訪れることはオーストラリアのブッシュでの形ばかりの砂金捜しより面白い、と考え始めたようだった。

わずかのあいだ、というのは私がそんな役まわりには向いていないということがはっきりするまでだが、私は時代の代弁者《スポークスマン》というのみならず、時代の申し子という地位にまで祀《まつ》り上げられてしまった。私がで〔い〕ある。新米のレポーターほどもニューヨークの事情を知らず、リッツのパーティー会場の給仕ほどもその社交界を知らぬこの私がである。私は（いや、その頃にはもう我々二人というべきか）いったいニューヨークが自分に何を求めているのかがよく理解できず、それで頭がいくらか混乱してしまったようだった。この巨大都市におけるめくるめく何カ月かの冒険のあとでは、我々は自分たちが誰なのかすっかりわからなくなってしまっていた。いや、自分たちが何者なのかという観念すら持たなくなっていた。街の噴水に飛び込んでみたり、警官とささやかないざこざを起こしたり、当然ながらゴシップ欄をにぎわせもした。何ひとつ知識のない様々な分野についてのコメントを求められたりもした。

　しかし私の交際範囲は本当に狭いものだった。独身の大学時代の級友が半ダースと新たに知り合った文学関係者が数人、それくらいである。ある年のクリスマスにはニューヨークじゅうに訪れるべき友人の一人もなく、また遊びに行けそうな家の一軒もないという有様だった。我々には寄りかかる柱とて無かった。だからこそ我々自身がささやかな柱とならざるを得なかったのである。そして我々はその破滅的な存在をニューヨークの現代風景にはめ込んでいった。いやそれとも、ニューヨークが我々の存在をただ見逃してくれていたというだけなのだろうか？

　私はニューヨーク市の変遷について語ろうとしているのではない。この都市をめぐって一人の作家の心が移りゆく様を描こうとしているだけだ。あの一九二〇年というやたら騒々しい年に起こった幾つかの出来事を私はまだ覚えている。ある暑い日曜日の夜に私はタクシーの屋根に乗って五番街を走り回った。物思いに沈み込んだケイ・ローレルとジョージ・ジーン・ネイサンとの涼し気なリッツ日本庭園での昼食、来る日も来る日も夜どおし書きつづけた原稿、ちっぽけなアパートメントに払ったあまりに莫大な金、立派ではあるが壊れてしまった車の数々。もぐり酒場《スピーキージー》が出現したのもその頃のことだった。「よちよち歩き《トドル》」は流行遅れ《パッセ》になり、〈モンマルトル〉が最先端のダンスホールとなり、そこではリリアン・タシュマンが一杯機嫌の大学生たちのあいだをぬうように、フロアにその金髪をなびかせていた。その頃にかかっていた芝居は『没落者』とか『神聖にして汚れたる愛』。〈ミッドナイト・フロリック〉ではマリオン・デイヴィーズと肩を並べて踊れたし、おそらくポニー・コーラスの中に元気いっぱいのメアリー・ヘイを見出すこともできたはずだ。

　それでも我々は、自分たちはそんな華やかな社会とは本当は無縁な存在なんだと思い込んでいた。おそらく誰しも自分たちはその周囲の環境とは無縁だと考えるものなのだろう。我々はまるで明るい巨大な納屋に足を踏み入れた子供たちのように面喰っていた。ロング・アイランドにあるグリフィスのスタジオに招喚された時など、『国民の創生』でおなじみになった面々を前にして、ちぢみあがってしまったものだ。しかし後になって気づいたことなのだが、この都市が全国に供していたこの巨大な娯楽物の背後にいたのはむしろ、行く先も知れぬ孤独な人々の群であったのだ。映画俳優たちは我々と同じように、ニューヨークに住んでいながらニューヨークの一部ではなかった。俳優たちは自分の置かれた状況を把握することもできず、その中枢をも持たなかった。初めてドロシイ・ギッシュに会った時など、まるで雪の降りしきる北極点に二人でつっ立っているような気がしたものだ。後日彼らは自分たちの落ちつき場所をうまく見つけることができたが、それはニューヨークであるはずはなかった。

退屈した折りにはユイスマン風にニューヨークの街をからかって歩いたものである。ある時など我々は昼間からアパートの部屋でオリーヴのサンドウィッチをつまみに、ゾーイ・アトキンズ寄贈のブシュミル・ウィスキーのクォート瓶を傾け、新たなる魅惑をたたえた街に繰り出した。我々は見知らぬドアを抜けて、見知らぬアパートにどんどん入り込み、タクシーを次々に乗り継いで、その中で陽気に騒いだ。素敵な夜だった。ニューヨークの街とやっと一体化できたような気がした。我々は背後にニューヨークをひきつれて凡《あらゆ》る玄関を通り抜けていった。いまだにそんな癖は残っていて、誰かのアパートを初めて訪れるたびになんだかそこを（あるいはその階上か階下を）以前訪れたような気がしてならない。——さて、それは私が〈スキャンダルズ〉

で裸になろうとした夜であったろうか、それとも（翌朝の新聞で読んで仰天したように）「フィッツジェラルド、警官を楽園のこちら側にノックアウト」した夜であったろうか？　それにしても喧嘩に弱いこの私が、どのような経緯でウェブスター・ホールでこんないざこざに巻き込まれることになってしまったのだろう？

もうひとつだけこの時代ではっきり覚えていることがある。私はタクシーに乗っていた。車はちょうど藤色とバラ色に染まった夕空の下、そびえ立つビルの谷間を進んでいた。私は言葉にならぬ声で叫び始めていた。そうだ、私にはわかっていたのだ。自分が望むもの全てを手に入れてしまった人間であり、もうこの先これ以上幸せにはなれっこないんだということが。

子供が産まれそうになった時、大事をとってセントポールに引き上げることにした。ニューヨークにおける我々の不確かな立場はこのことひとつからも察していただけよう。このきらびやかで孤独な都市の中に新しい生命を誕生させるということが、いかにも不適切に思えたのである。しかし一年を経ずして我々は戻ってきた。そしてまたぞろ同じことを繰り返し、同じようにうんざりした。そのように私たちはすり減っていった。もちろん得たものもある。芝居がかった無邪気さ――我々は見物する側よりは見物される側にまわったおかげでそういうものを手に入れることができたのだ。しかし、無邪気さというものは、それだけで完結するものではない。意識が（まあ心ならずも）成熟するにつれて、我々にもニューヨークの全体像が少しずつ見えてきたし、そのうちの幾分かはいやでもやってくる将来のためにきちんとした形で取っておかねばと思い始めた。

そうするのにはもう遅すぎた、いや、それとも早すぎたのだろうか？　我々にとってのニューヨークは程度の差こそあれ、酒びたりのどんちゃん騒ぎの街であった。生活を立て直さねばという二人の決心もロング・アイランドに戻るまでのこと、戻ってしまえば全てはもとの木阿弥という有様だった。

どこかでこの街と折り合いをつけるべきだったのだろう。でも私にはきっかけがつかめなかった。私にとってのひとつめの象徴、それはもうただの思い出だった。勝利というものは結局のところ極めて個人的なものなのだ。また、ふたつめの象徴はいささか日常的なものになり果てていた。一九二三年には遠い憧れであったあの二人の女優を、私は我が家の夕食に招きさえした。しかし三つめの象徴までもが色あせていった時、私は確かな怯えを身のうちに覚えた。バニーのアパートのあの静寂は、日いち日とその歩みを速めていく都市の中では最早求めがたいものになっていた。バニーも結婚し、やがて父親になろうとしていた。多くの友人たちはヨーロッパに渡っていたし、独身者たちは気楽な身分で、我々よりずっと大きな屋敷でずっと社交的な生活を繰り広げていた。我々もその頃には有名人の殆んどと顔見知りになっていた。ラルフ・バートンが「オープニング・ナイトのオーケストラ」風に描きそうな世界である。

しかし我々が世間の耳目をひいた時代はもう終っていた。私の初期作品の人気の要因ともなったフラッパーたちの存在は、少なくとも東部では一九二三年頃にはすっかり下火になっていた。私には戯曲を一本書いてブロードウェイを席捲しようという心づもりがあったが、ブロードウェイは、アトランティック・シティーでのテスト興行の反応を見たあとで、残念ながら、と断ってきた。私はこう思ったものだ。この都市と私のあいだには互いに与えあうべきものはもう何もないのだ、と。そこで私はこの住み慣れたロング・アイランドの空気を旅行カバンに詰め、遥か異国の空の下にそのまま持ち込むことにした。

再びニューヨークを目にしたのは三年ばかり後のことだ。船がハドソン河を上りゆくにつれ、都市は淡い夕闇の中で稲妻となってはじけ、我々の頭上に降り注いだ。白い氷河を思わせるロウァー・ニューヨークが吊橋のケーブルのように沈み込んで、そして再びアップタウン・ニューヨークへと浮かび上がる。星々に吊るされた奇跡の如き光の泡。甲板でマーチを演奏する楽隊も都市の威風の前にはちっぽけなおもちゃのように見えた。そう、ニューヨークこそが私の故郷なんだ、その時を境にしてそう思うようになった。ついたり離れたりしながらも、なんといってもここが私の故郷なのだ。

ニューヨークのテンポは一変していた。一九二〇年のあの不安気な空気は確として金色に光り輝く絶え間のない歓声の中に没し去り、友人たちの多くは金持になっていた。しかし一九二七年のニューヨークのせわしなさはヒステリーの一歩手前とでも表すべきものだった。パーティーは大規模なものとなり、たとえばコンデ・ナストのパーティーは一八九〇年代の伝説的な舞踏会と規模を張りあっていた。ペースは速くなり、贅をこらした趣向は遥かパリにまで影響を及ぼした。ショウはますます大がかりになり、ビルはますます高くそびえたち、モラルはますますゆるめられ、酒はますます安価になっていた。しかしそれらは人々に真の喜びをもたらしはしなかった。若ものたちは若くして擦り切れ、疲れ果てているようだった。彼らは二十一で硬直し無気力になり、何ひとつ新しいものを生み出せずにいた。ピーター・アーノと彼の仲間たちだけが活躍して、ニューヨークの好況時代についてジャズ・バンドが語り切れないでいる部分を語っていた。

アル中でない人でさえ、一週間に四日は羽目を外し、いたるところで人々は神経をすり減らせていた。人々は神経症の種類ごとにグループわけされ、宿酔《ふつかよ》いの人間がごろごろしているのが日常的光景となり、スペインのシエスタのように受け入れられた。私の友人の殆んどは度をこして飲むようになっていた。時代に歩調を合わせようとすればするほど酒量は増えていった。この都市が日々供する気前の良さの前では、たゆまぬ努力など一文の値打ちもない。というわけで「稼業《ラケット》」ということばが自嘲的に使われ始めた。てっとり早く金が稼げる仕事、これがすべて「稼業《ラケット》」である。私などさしずめ文学稼業《リテラリ・ラケット》とでもいうところか。

ニューヨークから数時間という場所に居を定めてはみたものの、街に出るたびに複雑に絡みあった事件にまき込まれ、二、三日後にはぐったりした身をデラウェア行きの列車に横たえているという始末であった。街全体は幾分毒気を増してはいたものの、日の落ちたセントラル・パークを車で南に抜け、木々の間から灯がこぼれる五九丁目の街並を目にする折りには、いつも心が和んだものだ。そこに存在するのは紛れもない私の失われた街《マイ・ロスト・シティー》であり、それは謎と希望にひっそりと包み込まれていた。しかしそのような傍観者的な立場は長く保てない。労働者たちが街の腸《はらわた》の中で生きねばならぬように、私はその混乱した精神の中に生きねばならなかったのだ。

そしてもぐり酒場《スピーキージー》があった。イェールやプリンストンの学生新聞に広告を出すような上品なバーはすっかりなりをひそめ、ドイツ風の愛想のよさの裏に暗黒街の凄みが顔をのぞかせそうなビヤホールへと移り、さらには品の悪い顔つきの若者にじろりとにらまれそうな街外れの、うさん臭い場所へと移っていった。そこには明るさのかけらもなく、新たな一日を意味もなくすり減らせていく愚かしさがあるのみだった。一九二〇年の当時には、昼食前にひとつカクテルでも、と口にするような若いビジネス・マンはショッキングな存在であったが、一九二九年にはダウン・タウンにあるオフィスの半分には酒瓶が置かれ、大きなビルの半分にはもぐり酒場《スピーキージー》があった。

もぐり酒場《スピーキージー》とパーク・アヴェニューの存在はいやでも目につくようになった。十年ばかりのあいだに、グレニッジ・ヴィレッジもワシントン・スクェアもマレー・ヒルも五番街のシャトーも、どこかに消えてなくなってしまったようだった。というか、どれもこれも実際に影が薄くなってしまった。街はお菓子と見世物で膨れあがり、満腹し、朦朧としていた。そして、「まさか（OH YEAH ?）」という流行り文句が、先だっての超高層ビル建設のニュースが引き起こした熱狂をぴったりと要約していた。私の行きつけの床屋は株に五十万ドルばかり投資して引退していたし、私のテーブルまでやってきてあいさつしたり、あるいはあいさつし忘れたりする給仕頭たちは、考えてみれば私などより遥かに金持であった。もううんざりだ――私はまたもやニューヨークに食傷してしまった。そして私は船上の人となり、フランスへ、その目の玉が飛び出そうなほど金のかかるホテル暮しへと向った。船のバーにもあの果てしない馬鹿騒ぎは持ち込まれていたものの、それでもずいぶんホッとしたものである。

「ニューヨークからのニュースは何かあったかい？」

「株が上がったわ、それからなんだか赤ん坊がギャングを一人殺したんだって」

「それだけ？」

「それだけ。表でラジオがそうがなりたててるわ」

私はかつて、アメリカ人の生活に第二幕は存在しないと考えていた。しかしニューヨークのあの好況時代《ブーム・デイズ》には第二幕と呼ばれるべきものがあった。ちょうど北アフリカの何処かにいた時に、我々はあの崩壊《ガラ》の音を聞いた。その遥か遠い物音は、荒涼たる辺境の砂漠に鈍く響きわたった。

「あれは何だ？」

「聞こえた？」

「なんでもないさ」

「帰って確かめてみた方がいいんじゃないかしら？」

「いや、たいしたことはあるまい」

我々がニューヨークに戻ったのは二年後の暗い秋であった。税関吏たちは気味がわるいくらい丁重だった。私は頭を垂れ帽子を手に、その静まりかえった墓場をうやうやしく歩んだ。廃墟の中では何人かの無邪気な亡霊たちが、まだ自分たちが生きていることを見せつけようと遊びまわっていた。彼らはわざとらしくはしゃぎまわり、頬を紅潮させていたが、その仮装のうすっぺらさは一目瞭然たるものだった。カクテル・パーティー、あのカーニヴァルの日々からの最後のうつろな残骸《こうべ》、そこには負傷者の訴えかける声が響きわたっていた。「射ち殺してくれ。お願いだ、射ち殺してくれ！」そして死にゆくもののうめき。「おい知っているか？　ユナイテッド・スティールがまた三ポイント下がったぞ」私の行きつけの床屋はまた店に戻った。給仕頭たちはまたテーブルに足を運びあいさつをするようになった。もっともあいさつする相手が残っていればのことだが……。廃墟の空にはエンパイア・ステート・ビルがぽつんと、まるでスフィンクスの如くに謎めいてそびえ立っていた。かつての私は、この街に別れを告げる折りにはいつもプラザ・ルーフに上ることにしていた。そして見渡す限りに広がる美しい街並を飽きることなく眺めつづけたものだった。しかし私がその時に上ろうと決めたのはもっとも新しくもっとも高い摩天楼——エンパイア・ステート・ビルであった。そこで私は全てを悟ることになった。全ては解き明かされていた。私はニューヨークという都市の致命的な誤謬、そのパンドラの箱を眼のあたりにしたのである。うぬぼれに凝り固まったニューヨーカーなら一度ここに上ってみるがいい。これまで想像だにしなかった光景を眼の前につきつけられて、きっと肝を冷やすことだろう。ニューヨークは何処までも果てしなく続くビルの谷間ではなかったのだ。そこには限りがあった。その最も高いビルディングの頂上で人がはじめて見出すのは、四方の先端を大地の中にすっぽりと吸い込まれた限りある都市の姿である。果てることなくどこまでも続いているのは街ではなく、青や緑の大地なのだ。ニューヨークは結局のところただの街でしかなかった、宇宙なんかじゃないんだ、そんな思いが人を愕然とさせる。彼が想像の世界に営々と築き上げてきた光輝く宮殿は、もろくも地上に崩れ落ちる。エンパイア・ステート・ビルこそはかのアルフレッド・E・スミスがニューヨーク市民に贈った迂闊なプレゼントということになるだろう。

そして今、この失われた私の街《マイ・ロスト・シティー》に別れを告げよう。早朝のフェリー・ボートから眺める街の姿は、もはやめくるめく成功をも永遠の若さをも私に囁きかけはしない。からっぽのダンス・ホールの前で陽気に踊っているウーピー・ママたちの姿は、私にあの一九一四年の夢の少女たちの忘れがたい美しさを思い起こさせはしない。そしてバニー、悠々とステッキを振ってカーニヴァルのまっただ中を自らの修道院へと歩いていたあのバニーはコミュニズムへと走り、今では南部の工場労働者たちや西部の農民たちの境遇に心を悩ませている。十五年前には、そのような声が彼の書斎の壁から入り込んでくることもなかっただろうが。

思い出だけを残して、何もかもが消えてしまった。それでも時折、私は自分が一九四五年の「デイリー・ニューズ」紙を不思議な興味を持って読んでいる図を想像する。

五十男、ニューヨークでひと暴れ
　フィッツジェラルド放蕩のあげく、
　激昂したガンマンに射殺さる

となれば私はいつの日にかまたその街に戻り、本でしか読んだことのない新しい経験をすることになるらしい。それまでのしばしのあいだ私にできるのは、失ってしまったあの素晴しい蜃気楼を想い嘆くことだけである。ああ、戻り来よ、純白に輝けしもの！

あとがき

これまでに読んできたフィッツジェラルドの作品の中から現在翻訳が発表されていないもの、ということで五篇の短篇小説と一篇のエッセイを選んで訳した。ひとつひとつが僕の愛好する作品であり、もし気に入って頂けたとすれば、そしてフィッツジェラルドの人と作品に興味を持って頂けたとすれば、これに勝る喜びはない。

六篇のうち三篇（残り火、氷の宮殿、アルコールの中で）は『海』に、二篇（失われた三時間、マイ・ロスト・シティー）は『ハッピー・エンド通信』に、一篇（哀しみの孔雀）は『カイエ』に発表したものであり、単行本化するにあたって加筆した。それぞれの雑誌の熱心な編集者の方々（もっともそのうちのふたつは休刊してしまったが）に改めて感謝したい。

そして、こまごまとした面倒な質問に対して多忙な時間を割いて下さった飛田茂雄氏にも深く感謝している。氏の暖かい助言がなかったら、本書はおそらく完成しなかっただろう。

一九八四年六月

F・スコット・フィッツジェラルド　インタビュー

F. Scott Fitzgerald

アメリカ人作家、フランシス・スコット・キー・フィッツジェラルド（一八九六―一九四〇）はミネソタ州に生まれ、ニュージャージー州ニューマン・スクールと、同州プリンストン大学に学んだ。第一次世界大戦時に志願入隊したが、ヨーロッパでの実戦を経験することはなかった。その長篇小説及び短篇小説において、彼は一九二〇年代のいわゆる「ジャズ・エイジ」の語り部としての役を担っている。プリンストンでの享楽的な学生生活は『楽園のこちら側』（一九二〇）に描かれているが、『美しく呪われしもの』（一九二二）においてはその享楽主義は、成人した人々の身の上に移し変えられている。彼のもっとも有名な小説『グレート・ギャッツビー』（一九二五）では、富と成功によってもたらされるモラルの退廃が、その題材になっている。また小説『夜はやさし』（一九三四）には、フレンチ・リヴィエラにおいて彼が送った、富裕階級の浮き草のごとき生活や、妻ゼルダの精神の病や、自らのアルコール中毒と鬱病についての、フィッツジェラルドの満たされぬ思いが、色濃く漂っている。

マイケル・モク（一八八八―一九六一）はオランダのアムステルダムに生まれた。ヨーロッパとカナダで新聞記者の仕事に就いたあと、アメリカの「フィラデルフィア・レコード」紙に入社した。一九三三年から一九四〇年にかけては「ニューヨーク・ポスト」紙で仕事をし、リンドバーグの愛児誘拐事件の容疑者ブルーノ・ハウプトマンの裁判と処刑を取材し、さまざまな特集記事を書き、舞台評を書いた。のちにステージ・パブリシスト（劇場宣伝係）となり、ロジャーズ＆ハマースタインをはじめとして、数々のブロードウェイの舞台関係者のために仕事をした。彼はまた、アンネ・フランクのエッセイや短篇小説や日記の翻訳にもかかわった。息子のマイケル・モクは伝説的なレポーターとなり、トム・ウルフをはじめとする多くの若きジャーナリストたちにインスピレーションを与えた。

インタビュアー　マイケル・モク

「ニューヨーク・ポスト」一九三六年九月二十五日付

はるか昔、まだ若く、生意気盛りで、降って湧いたような成功に酔いしれていた頃、F・スコット・フィッツジェラルドはある新聞記者に向かってこう言った、「三十を過ぎたら、人は生きているべきじゃないよね」と。

一九二一年、彼の処女作『楽園のこちら側』が、華麗な打ちあげ花火のごとく、文学の天空で派手にどんと炸裂してからまだ間もない頃のことだ。

戦後のこの神経症時代の「詩人＝予言者」は、ここホテル・グローヴ・パーク・インのベッドルームで昨日、四十歳の誕生日を迎えた。彼はその一日を、ほかのすべての日々と同じように送った。つまり「楽園のあちら側」から帰還するべく試みていたわけだ。この二年ばかり、彼はその失望の世界で鬱々たる日々を送ってきた。

彼のそばにいたのは、柔らかい声音の南部出身の看護婦（母親のように接し、甘やかす）と、この記者だけだった。若い看護婦が相手だと、フィッツジェラルドは世間によくある「患者と看護婦」のパターンで軽口を叩く。記者に対しては、彼は勇ましい口調でおしゃべりをする。自分の名前が二度と脚光を浴びることはないのではないかという不安に苛まれている役者が、次に自分が引き受ける主役について語るときのように。

彼はべつに誰かを欺こうとしているわけではない。彼の心の中には、ほとんど希望というものはない。これは傍目《はため》にも明らかだ。外の雨空のどこにも陽光が認められないと同じくらいに。空を覆う雨雲は目下のところ、窓の外のサンセット・マウンテンの眺望にしっかりとベールをかぶせている。

肉体的には、彼は八週間前に起こったある事故の後遺症をひきずっている。十五フィートの高さの飛び込み台からダイブして、右肩の骨を折ったのだ。

しかし、骨折の痛みが今までどれくらい残っているのかはわからないが、彼が苛立ったようにベッドから飛び起きたり、またそこに飛び込んだり、せかせかと歩きまわったり、両手をぶるぶると震わせたり、まるで残虐な殴打を浴びた子供のように痛ましい表情を浮かべて顔をひきつらせるのは、そのせいではない。

あるいはまた、しょっちゅうキャビネットまで足を運んで、中に酒瓶の横たわった引き出しをあけるのも、どう考えてもそのせいではない。彼は瓶の中身を、ベッドサイド・テーブルの上の計量グラスに注ぐたびに、いつも看護婦の方を訴えかけるように見て、「ぴったり一オンス、だね？」と尋ねる。

そのたびに看護婦は何も答えずに、ただ目を伏せる。

少なくともフィッツジェラルドは怪我をしたことを、その喉の渇きの口実にしようとはしていない。

「パパにはいろんな出来事が、たて続けて起こったんだ」と彼は言った。冗談に紛らわせるように。「それでパパは落ち込んで、いささか酒を飲むようになった」

それがどんな「出来事」だったかについて、彼は説明をしてくれなかった。

「次々に厳しいことが持ちあがり」と彼は言った。「あるときついに何かがぽきんと折れてしまったんだ」

しかしながら記者はここノース・カロライナにやってくる前に、ボルティモア（フィッツジェラルドは七月までその町で暮らしていた）にいる友人たちの口から、彼の最近の動向についていくつかの情報を仕入れていた。

作家の妻であるゼルダは何年か前から病を得ていた。噂ではある夜、夫婦でボルティモア郊外を散歩しているときに、彼女が自殺を図ったということだ。彼の友人たちはそう語った。フィッツジェラルド夫人は近づいてくる急行列車の前に身を投げた、そういう話だった。フィッツジェラルドは、彼自身体調がすぐれなかったのだが、それでも慌てて駆けつけて、あやうく彼女の命を助けることができた。

他にもいろいろと問題があり、フィッツジェラルド夫人は結局この街の近郊にある、とある療養所に入ることになり、夫もすぐ彼女のあとを追った。そしてアメリカでもっとも名高い大型リゾート・ホテルのひとつである、岩造りの〈グローヴ・パーク・イン〉に部屋をとったわけだ。

とはいえ、フィッツジェラルドの崩壊《ブレークダウン》のいくつかの原因よりは、それが作家としての彼に及ぼした影響の方がはるかに重要である。雑誌「エスクァイア」三月号に掲載された『貼り合せ』という短い作品（これは同誌のために書かれた三つの自伝的エッセイのひとつである）の中で、彼は自分を「ひびの入った皿」として描写している。「しかしながらときには」と彼は書いている。「ひびの入った皿だって、食器棚にとっておかれなくてはならない。必要に応じて、家庭の中での役目を果たさなくてはならない。

それがレンジで温められたり、洗い桶のなかでほかの皿と一緒にかたかたと洗われたり、客の前に出されたりすることは、もうないだろう。でも夜遅くにクラッカーを盛ったり、食べ残しを冷蔵庫にしまうような折りには、及ばずながら役に立つ。

さて、落ちぶれた人間にとっての一般的な療法は、目に見えて困窮していたり、身体の不具合に悩む人々を思い浮かべることだ。これは通常の種類の憂鬱にとってはまことに有り難い福音であり、その時刻が昼間であれば、けっこう有効なアドバイスである。でも午前三時には……その療法も役には立たない──そして魂の真の闇夜にあっては、来る日も来る日も、時刻はいつも午前三時なのだ。この時刻には人は、ものごとを直視することを可能なかぎり拒否し、子どもじみた夢の中に引きこもってしまおうとするものだ。しかし世界とのさまざまな接触によって、継続的に、この夢遊状態からはっと目覚めさせられることになる。

人はこのような状況をさっさと適当にやりすごして、またもとの夢の中に戻っていく。精神的なあるいは物理的な、大いなる幸運にめぐまれて、いろんな問題が知らぬうちにうまくさっぱりと解決されてしまっているといいなと望みながら。しかし奥に引きこもれば引きこもるほど、幸運のチャンスはますます遠のいていく。人は単一の哀しみが消え去っていくことを待っているつもりで、むしろ心ならずも、自らの人格の崩壊の、その処刑執行の立会人になっているのだ……」

昨日のことだが、寄り道だらけで、長くてちぐはぐな会話の最後の方になって、彼はべつの言葉でそれを言い換えた。詩的な表現という意味では文章には及ばぬものの、心を揺さぶられるということでは決して劣らないものであった。

「僕のような作家はね」と彼は語った。「自分の星まわりに絶対的な自信を持ち、絶対的な信頼を抱いていないとだめなんだ。それはほとんど神秘的な感覚といっていい。自分には悪いことは起こりっこない、何ものにも傷つけられることはない、何ものも自分には害を及ぼさない――そういう感覚のことだ。

トマス・ウルフはそれを持っている。アーネスト・ヘミングウェイもそれを持っている。僕だってかつては持っていた。でもいろいろな打撃を受けて、まあそれらの大半は僕自身が招いたことなんだけれど、僕のその免疫的感覚に何かが起こった。そして僕はグリップを失ってしまったんだ」

その例証として、彼は父親の話をしてくれた。

「父は少年時代にメリーランド州モントゴメリー郡に住んでいた。僕らの一族はアメリカの歴史に、ささやかなりに関わってきた。僕の曾祖父の兄弟は『星条旗よ永遠なれ』を作詞したフランシス・スコット・キイで、僕はその名前をもらっている。父の叔母はミセス・シュラットといって、リンカーン暗殺のあとで絞首刑に処せられた。というのは犯人のブースは彼女が経営する下宿屋で暗殺計画を立てたからだ。君は記憶してるだろう。あの事件で三人の男と一人の女が処刑されたことを。まだ九歳のときに、父はスパイたちを船に乗せて、対岸まで漕いでわたった。十二歳になったとき、もう自分の人生は終わってしまったみたいに父は感じていた。そしてできるだけ早い機会をみつけて、西部に移住した。南北戦争の舞台になった様々な場所から少しでも遠ざかりたかったわけだ。そしてミネソタ州セントポールの町で籐家具の工場を始めた。でも一八九〇年代に経済恐慌があり、その余波を受けて、事業も頓挫した。

僕らは東部に戻り、父はバッファローで石鹼のセールスマンの職に就いた。そして何年間かその仕事をしていた。ある日の午後——僕は十か十一くらいだったと思うな——電話のベルが鳴って、母が受話器を取った。母がなんと言ったのか、僕にはわからなかった。でも何かの災厄が自分たちの身にふりかかったのだということは感じられた。母はその少し前に、これを持って泳ぎに行きなさいと、二十五セント硬貨をくれていたのだが、僕はそのお金を母に返した。というのは、何か恐ろしいことが持ち上がって、うちにはそんな金銭的な余裕はなくなったんだと、僕は推測したのだ。

それから僕はお祈りを始めた。『ああ神様、僕たちを救貧院に送ったりしないでください。僕たちを救貧院に送ったりしないでください』少しあとで父が帰宅した。推測は正しかった。父は失職したのだ。

その日の朝、家を出ていったとき、父はどちらかといえば若々しくて、力と自信に満ちていた。でも夕方に帰宅したときの彼は、既に老人に変わっていた。完璧にうちのめされた男になっていた。なくてはならぬ起動力のようなものを、曇りなき目標を、なくしてしまっていた。その日から死ぬまで父は敗残者だった」

フィッツジェラルドは両目をごしごしとこすり、口元をこすった。部屋の中をせかせかと歩きまわった。

「そうだ、そういえばこんなこともあった」と彼は言った。「父が帰宅したときに、母は僕にこう言った、『スコット、お父さんには何か声をかけてあげなさいね』でもなんと言えばいいのか、わからなかった。それで父のところに行って、こう尋ねた、『ねえ父さん、次の大統領には誰がなると思う？』父は窓の外に目をやった。筋肉ひとつ動かさなかった。それから彼は言った、『きっとタフトだろう』

父はそのグリップを失い、僕もまたグリップを失った。でも今、僕はもとに戻ろうとがんばっているんだ。短いものをいくつか『エスクァイア』誌に書いたのが、その第一歩だ。でもあれは間違いだったかもしれない。あまりにも〝暗き淵《デ・プロフンディス》〟にすぎた。僕の最良の友人が、彼はとても優れたアメリカ人作家なのだけれど——僕は彼のことをあの『エスクァイア』の連作エッセイのひとつの中で、僕にとっての芸術的良心と呼んでもいる——憤慨した手紙を僕に寄こした。あんな陰鬱な個人的内情をわざわざ文章にするなんて愚かしい限りだと、彼は言うんだ」

「今のところ何か予定がありますか、ミスター・フィッツジェラルド？　今何か書きつつあるのですか？」

「ああ、実にいろんなものをね。でも計画のことは話したくないな。計画について話し出すと、そこにある大事なものが失われてしまう」

　フィッツジェラルドは部屋から出ていった。

「絶望、絶望、絶望」と看護婦が言った。「昼も夜も、絶望。仕事のことか、将来のこととか、そういう話はしないでくださいな。あの人は仕事をしていますが、ほんの少しだけです。一週間にせいぜい三時間か四時間くらい」

　やがて彼は戻ってきた。「みんなで作家の誕生日を祝おうじゃないか」と陽気な声で彼は言った。「肥えた子牛を一頭殺すとまではいかずとも、キャンドルつきのケーキを切るくらいのことはしなくちゃ」

　彼はまた酒を一杯飲んだ。「君の賢明な進言にいささか逆らうようだが、マイ・ディア」、彼はその若い娘に微笑みかけた。

　訪問者は看護婦の進言に従って、話題を作家の初期の時代に移した。そしてフィッツジェラルドは『楽園のこちら側』がどのようにして書かれたかについて語った。

「僕はあの本を軍隊にいるときに書き出したんだ」と彼は言った。「十九歳だった。その一年後に僕は本をまるっきり書き直した。タイトルも変えた。最初のタイトルは『ロマンティックなエゴティスト』というものだった。『楽園のこちら側』というのは素敵なタイトルだと思わないか？　僕はタイトルの付け方がうまいんだよ。僕はこれまでに四冊の長篇小説と四冊の短篇集を出した。長篇小説はどれも良いタイトルがつけられている。『グレート・ギャッビー』『美しく呪われしもの』そして『夜はやさし』。最後のはいちばん最近の作品で、四年かけて書いた。

そうだ。陸軍にいるときに『楽園のこちら側』を書いた。僕は海外には出なかったんだ。どこかの街に駐屯するたびにそこで若い娘と恋に落ちること、僕の軍歴といえばそれくらいのものだ。もうちょっとで海を渡りそうになったんだ。僕らは実際に行進して輸送船にまで乗り込んだ。ところがまたすぐに降りろって言われた。流行性感冒か、そんな何かがあったのかもしれないな。そのおおよそ一週間後に休戦協定が結ばれた。

部隊はロング・アイランドのキャンプ・ミルズに夜営していた。僕はこっそりと宿営地を抜け出してニューヨークに遊びに出た。惚れていた娘がニューヨークにいたんだよ、もちろん。そして僕は、アラバマ州シェリダン基地に戻る列車にうっかり乗り遅れてしまった。そこが僕らの訓練地だったんだ。

それでどうしたか。ワシントンまで行って、僕は車両つき機関車を一台徴用した。ペンシルヴェニア駅まで行って自分の部隊に合流するためにさ。鉄道の人間に向かって、僕は言った。私はウィルソン大統領あての戦争関連の密書を携えております。これは一刻を争うものであり、郵便で送ることなんてできません、てね。彼らは僕のはったりを真に受けた。アメリカ合衆国陸軍の歴史の中で、一介の少尉が機関車を徴用したなんて例は、あとにも先にもあるまいよ。なんとかワシントンで連隊に追いつくことができた。いや、処罰は受けなかった」

「それで、『楽園のこちら側』はどうなったんですか？」

「そうだそうだ、僕はつい脱線をしちゃうんだ。除隊したあとで、ニューヨークに出た。小説はスクリブナーズ社につき返された。それでどこかの新聞社に仕事をみつけようと思った。僕は最近二年か三年分の〈トライアングル〉のショーの楽譜と歌詞を腕に抱えて、ありとあらゆる新聞社をまわってみた。プリンストン大学のトライアングル・クラブでは僕は花形作家のひとりだったから、それが何かの役に立つだろうと考えたんだ。でも新聞社の連中はそんなものにはハナもひっかけなかった」

ある日フィッツジェラルドは広告代理店の人間にばったりと出会った。新聞社に入るのなんてやめろよ、とその相手は言った。そしてバロン・コリア代理店に職をみつけてくれた。何カ月かのあいだ、フィッツジェラルドはそこで市電の広告板のためにせっせと宣伝文案を書き続けた。

「僕はひとつヒット作を書いたな」と彼は語る。「アイオワ州マスカティーンにあるマスカティーン・スチーム・ランドリーという洗濯屋のために書いたものだ。『私たちはマスカティーンのあなたを、いつもクリーンにします』、こいつのおかげで昇給した。『いささか飛んでる部分はあるけれど』とボスは言った、『でも、君がこの仕事に向いていることははっきりしている。この調子でがんばればそのうちどんどん名を挙げて、うちなんかでは抱えきれなくなるだろう』」

予言は的中した。フィッツジェラルドは仕事が退屈で退屈で、我慢も限界を超えて、ほどなく会社を辞めてしまった。そしてセントポールに戻った。彼の両親はまたその町に戻って暮らしていたのだ。彼は母親に頼み込んだ。自分をしばらくのあいだ家の三階に住まわせて、面倒を見てくれないかと。

「母は頼みをきいてくれた。そしてそれから三カ月のあいだに僕は小説をばっちりと書き直した。一九一九年に、スクリブナーズ社は新しい原稿を引き受けてくれた。それが出版されたのは一九二〇年の春のことだ」

小説『楽園のこちら側』の中で、フィッツジェラルドは主要登場人物のひとりに、その時代の人気作家たち（何人かは今でも人気作家であり続けている）を、こんな具合にこきおろさせている。

「年収五万ドルだって！　まったく冗談じゃない。いいかい、ちょっと考えてもみなよ。エドナ・ファーバー、グヴァヌア・モリス、ファニー・ハースト、メアリ・ロバーツ・ラインハート、長篇だろうが短篇だろうが、こんな連中の書くもので十年もつ本なんて、一冊だってあるものか。このコブっていう男、さして頭がいいとは思えないし、かといって愉快というのでもない。いや僕だけじゃなく、世の中の大方の人はそう思っているはずだ。わかってないのは、編集者だけさ。こいつ、自己宣伝のおかげでただなんとか立っていられるだけだ。それからほかに誰がいたかな——そうだ、ハロルド・ベル・ライト、ゼーン・グレイ、アーネスト・プール、ドロシー・キャンフィールドなんかががんばっているね。でもこの連中にはユーモアのセンスというのが完全に欠如しているから、先行きは暗い」

そしてこの若造は、最後にこう言い放つ。こんな具合だから、H・G・ウェルズやジョウゼフ・コンラッドやジョン・ゴールズワージー、バーナード・ショー、アーノルド・ベネットといった英国人作家たちが、その売上げの半分以上をアメリカであげているというのもむべなるかなというところさ、と。

今のアメリカの文学状況を、フィッツジェラルドはどのように考えているのだろう？

「ずいぶん向上したと思うね」と彼は言った。「最初の突破口はシンクレア・ルイスの『本町通り』だった。アーネスト・ヘミングウェイは英語で書いている現存の小説家の中では最高峰だと思う。キプリング亡きあとの場所を、彼は占めている。そのあとにトマス・ウルフとフォークナーとドス・パソスが続いている。

アースキン・コールドウェルを始めとする数人の新人作家が、僕らの世代の少しあとになって出てきた。でも今のところまだたいしたことはしていないよ。僕らは繁栄の時代の申し子なんだ。最良の芸術はいつも、富んだ時代において産み出される。僕らから数年遅れて出てきた連中には、そのチャンスがなかったというわけさ」

彼は経済問題については意見を改めただろうか？『楽園のこちら側』の主人公であるエイモリー・ブレインは、ロシアにおけるボリシェヴィキの実験の成功を予言している。そしてやがてはわが国においても、すべての企業は国家によって経営されるだろうと語っている。

「ああ、そういえば僕はとんでもないへまをひとつやらかしたんだ」とフィッツジェラルドは言った。「覚えているかい？　僕は宣伝によってレーニンは破滅するだろうと語った。たいした予言だったよ。レーニンは今じゃ聖人になってしまったものな。僕の視点？　そうだな、このような困窮の時代にあって、僕の姿勢は変ることなくかなり左傾しているということになるだろう」

　それから記者は彼に質問した。あなたはジャズまみれ、ジンまみれのジェネレーション（一九二〇年代）について今ではどのように感じておられますか？　あなたは彼らの狂乱的な振る舞いを、『楽園のこちら側』の中でいわば年代記的に描写されたわけですが。彼らはいったい何をしたのでしょうか？　彼らの存在はどのような意味あいを持っていたのでしょうか？

「僕がなぜ連中のことを、いちいち考えなくちゃいけないんだ？」と彼は言った。

「自分一人のことをあれこれと考えるだけで手一杯だというのにね。連中に何が起こったのか、そんなこと、僕に訊かずとも、君だってよく知っているじゃないか。あるものは証券仲買人になって窓から身を投げた。あるものは銀行家になってピストル自殺をした。なかには新聞記者になったものもいる。それから数としちゃ少しだが、作家として名をなしたものもいる」

彼の顔はぴくぴくとひきつった。

「名をなした作家か！」彼はそう叫んだ。「やれやれ、まったくな。名をなした作家か！」

彼はよろめきながらキャビネットのところまで歩いていって、グラスにまたとくとくと酒を注いだ。

『マイ・ロスト・シティー』　一九八一年五月　中央公論社刊
一九八四年六月　中公文庫

ライブラリー版刊行にあたり訳文を改めました。『ライブラリー版のためのまえがき』は本書のための書き下ろしです。「F・スコット・フィッツジェラルド」は『インタヴューズⅡ』（一九九八年十一月　文藝春秋刊）に収録されたものです。本書刊行にあたり訳文を部分的に改めました。

（編集部）

装幀・カバー写真　和田　誠

"Lees of Happiness" "Ice Palace" "Lo, the Poor Peacock" "Three Hours Between Planes" "An Alcoholic Case" "My Lost City"
by Francis Scott Fitzgerald

"F. Scott Fitzgerald" by Michel Mok
Originally appeared in The New York Post, 25, September, 1936
Translation rights arranged with The New York Post through Japan UNI agency, Inc.

Japanese edition copyright © 2006 by Chuokoron-Shinsha Inc., Tokyo

村上春樹《むらかみはるき》 翻訳《ほんやく》ライブラリー

マイ・ロスト・シティー

2006年5月10日　初版発行
2023年4月20日　6版発行

訳　者　村上《むらかみ》　春樹《はるき》
著　者　スコット・フィッツジェラルド
発行者　安部　順一
発行所　中央公論新社
〒100-8152 東京都千代田区大手町1-7-1
電話　販売部　03(5299)1730
　　　編集部　03(5299)1740
URL https://www.chuko.co.jp/

印　刷　三晃印刷　　　製　本　小泉製本

©2006 Haruki MURAKAMI
Published by CHUOKORON-SHINSHA, INC.
Printed in Japan　ISBN978-4-12-403498-1 C0097
定価はカバーに表示してあります。
落丁本・乱丁本はお手数ですが小社販売部宛お送り下さい。
送料小社負担にてお取り替えいたします。

◎本書の無断複製(コピー)は著作権法上での例外を除き禁じられています。また、代行業者等に依頼してスキャンやデジタル化を行うことは、たとえ個人や家庭内の利用を目的とする場合でも著作権法違反です。

村上春樹 翻訳ライブラリー　好評既刊

レイモンド・カーヴァー著
頼むから静かにしてくれ Ⅰ・Ⅱ〔短篇集〕
愛について語るときに我々の語ること〔短篇集〕
大聖堂〔短篇集〕
ファイアズ〔短篇・詩・エッセイ〕
水と水とが出会うところ〔詩集〕
ウルトラマリン〔詩集〕
象〔短篇集〕
滝への新しい小径〔詩集〕
英雄を謳うまい〔短篇・詩・エッセイ〕
必要になったら電話をかけて〔未発表短篇集〕
ビギナーズ〔完全オリジナルテキスト版短篇集〕

スコット・フィッツジェラルド著
マイ・ロスト・シティー〔短篇集〕
グレート・ギャツビー〔長篇〕＊新装版発売中
ザ・スコット・フィッツジェラルド・ブック〔短篇とエッセイ〕
バビロンに帰る ザ・スコット・フィッツジェラルド・ブック２〔短篇とエッセイ〕
冬の夢〔短篇集〕

ジョン・アーヴィング著 熊を放つ 上下〔長篇〕

マーク・ストランド著 犬の人生〔短篇集〕

C・D・B・ブライアン著 偉大なるデスリフ〔長篇〕

ポール・セロー著 ワールズ・エンド（世界の果て）〔短篇集〕

サム・ハルパート編
私たちがレイモンド・カーヴァーについて語ること〔インタビュー集〕

村上春樹編訳
月曜日は最悪だとみんなは言うけれど〔短篇とエッセイ〕
バースデイ・ストーリーズ〔アンソロジー〕
私たちの隣人、レイモンド・カーヴァー〔エッセイ集〕
村上ソングズ〔訳詞とエッセイ〕